光文社古典新訳文庫

ぼくのことをたくさん話そう

チェーザレ・ザヴァッティーニ

石田聖子訳

光文社

PARLIAMO TANTO DI ME
by
Cesare Zavattini

目次

ぼくのことをたくさん話そう　5

解説　石田聖子　129

年譜　144

訳者あとがき　160

ぼくのことをたくさん話そう

著者の肖像

すっきり片付いた机の上にあるのは、インク壺、ペン、数葉の紙、それからぼくの写真。広々としたおでこだ！　この立派な若者はこの先いったい何になるのだろう。大臣、それとも王様か？

端整な口元をご覧あれ。この目を見よ。ああ、思慮深い眼差しが突き刺さってくる！　ときに畏怖の念に打たれて「本当にこれはぼくなのだろうか」と自問すらする。この若者は紛れもなくぼく自身なのだと自分に言い聞かせ、手に軽くキスをしてから、彼に相応《ふさわ》しい人間となるべく再び仕事に取りかかる。

第1章

一九三〇年一月一七日の夜、ぼくは恋愛小説に読み耽っていた。暖炉では炎がパチパチ音をたてている。ふかふかの布団にくるまり、読書をたびたび中断しては、森の木々のあいだをすり抜ける風がたてる鋭い音に耳を澄ました。曇りひとつない窓ガラスからは白っぽい空と、雪をかぶった丘に並ぶ二本の木が見えた。振り子時計に目をやる。二時だ。明かりを消し、布団のなかで身体を丸めた。そろそろ寝よう。しかしそのまま二〇分か三〇分が経過した。まだ目はぱっちり開いたまま。一時間が経った。海のほうからやってくる雲に徐々に隠されつつある星に見惚《みと》れていた。不眠についてあれこれ思いを巡らしているうちに、雲がほどけてゆるやかな霧雨に変わっていった。寝返りをひとつ打ち、絶対に眠ってやると心に誓う。そしてうとうとしかけていると、ふと奇妙な物音と衣ずれの音が耳に入ってきた。幽霊だ——そうっと頭を持ち上げ、あたりを見まわしてみた。室内は、燃えさしの薪《たきぎ》が放つ最後の光に照らされていた。やっぱりそうだ。ベールのような半透明の姿形が、家具と家具のあいだで波打ち、暖炉の煙に紛れ、鏡の前をたゆたうのが見えた。ぼくは明かりを点けることなく、じっとしたまま、いびきをかくふりをした。

子どもの頃から霊の来訪には慣れていた。ぼくが住んでいた古くて大きな家は、町のほど近くの、周囲を糸杉にぐるりと囲まれた場所にあり、いつも黒ずくめで青白い顔をした陰気な伯母が同居していた。幽霊におあつらえ向きの場所だったのだ。冷えびえとした食堂に家族全員が集合するとき、蠟燭《ろうそく》がクロスに落とす明かりの輪の外側で、影みたいに真っ黒なぼくたちは、まるで自分たちのほうが幽霊になったようだった。上の階から、扉がきしむ音やバタンと音をたてて閉まる音がすることも珍しくなかった。そういうときには、伯母が「幽霊よ」とぼそりと呟いたものだった。ぼくらは神妙な面持ちのまま、取り乱すことなく食事をつづけた。

何も悪いことをしていないんだから、悪さをされるわけがない。所詮やつらは椅子を動かしてみたり、家具をぎいぎい鳴らしてみたりするだけ。夜がくるのを待って、いつものおふざけを開始する。本のページをめくってみたり、窓辺のカーテンに息を吹きかけてみたり、洋服だんすをゆっくりゆっくり開けてみたり。ときには、こっちが霊を驚かせて楽しむこともあった。だしぬけに部屋に入って、明かりを点ける。すると、宙に浮かんだままの椅子や、開かれた本のページが持ち上がっているのを目《ま》の当たりにすることができた。

みんなは幽霊のことを侮《あなど》っている。そして反感から、廃墟や天井裏に追いやってしまう。霊たちだって本当はぼくらのそばにいたがっているというのに。「おとなしくしているから、しばらくここにいさせてくださいな」、そんな声が聞こえてきそうだ。かわいそうじゃないか。霊たちは、生きている人間を眺めたり、その温かな吐息をそばに感じたりするだけで満足なんだ。それなのに人間ときたら、霊の存在に気づくやいなや、大声をあげ、大騒ぎし、隣近所に助けを呼びにいく始末だ。

まあ、落ち着いて。いつの日か、自分が同じような扱いを受けて傷つくことになるんだから。言ってみれば、彼らは未来の友人なんだ。未来永劫ともに過ごすことになる。そのときのために、居心地のいい環境を準備しておいたほうがいいんじゃないかな。

こんなことを言ったところで無駄なのはわかっている。でも、ことのついでに、世の母親たちに伝えておきたいことがある。それは、小さな子どもたちだって幽霊になるってことだ。ある若い女性は、幼くして亡くした息子の霊が目撃されたという森のあたりを夜な夜な訪れていたらしい。ぼくたちだって同じようにしたらいい。劇場に行くかわりに、霊たちがやってくるという月明かりに照らされた泉や丘に繰り出すんだ。そして、ご先祖さまたちと一言二言交わしてみる。そうしたら、死がちょっぴり身近なものになるんじゃないかな？　ことによっては、最期のときに、あとに残る人たちにこう言って安心させてあげることにもなるかもしれないね。「じゃあ、明日の夜八時か九時にまた会おう……」

生きている人間と死んだ人間とのあいだにたしかな絆を築くことができれば、やがては生きている人間のほうが待ち合わせをうっかり忘れる日だってくるかもしれない。

ウェルカム氏は、それとはまた別の考えの持ち主だった。ある日の朝、氏が書斎で亡くなっているのが発見された。その手元にあった紙にはこう書かれていたという。「幽霊のやつらときたら！　神出鬼没で世間の話題をかっさらっちまう。執筆をしていると、やつらが背後にやってくる。いつ何時やつらお得意の平手が飛んでくるかわかったもんじゃない。後ろからこっそりこちらの行動を見張っているやつがいるかと思うと、こころ安らかではいられない。

こちらは墓前で涙を流してやっているというのに、あいつらときたらあちこちでいたずら三昧なんだから」

第2章

　時計が六時を打った。霊たちは姿を消した。すると、ひとりだけ離れたところにいた霊が思い詰めた表情でぼくのベッドに近づいてきて言った。

「あなたをあの世の旅にご招待したいんですが、受けていただけますか？」

　その率直で物怖じしない物言いと、誠実さを漂わせる控えめな物腰に、ぼくは大いに好感をもった。念のため、どのような理由でその尋常ならざる旅にぼくを誘う気になったのか尋ねてみた。

「わたしたちのことを快くもてなしてくださったからです。わたしたちはとてもよく似ていると思います」

　少し考えた。

「さあ、急ぎましょう」と霊。

ぼくはベッドから飛び起き、着替えようとした。

「いけません。寝間着のままいらっしゃってください」

そして、蠟状のクリームがぼくの身体に塗られて、どこから見ても霊らしい姿に変身した。

霊はぼくの手を取ってジャンプし、ぐいと引っ張った。ぼくらは薄紙みたいにペラペラの壁を通り抜け、家の外に出た。

霧が薄まった木々のうえを葉に足が触れそうになりながらしばらく飛びつづけた。それから高く、高く、昇っていった。寒さが耐えがたくなってきた。道を歩く人の姿はまばらで、家々はおもちゃの箱みたいに見えた。地面の色に紛れてしまっている家もあれば、地面にぺったり張り付いて見える家もあった。

夜のある時間になると、家庭には家族全員が揃うものだ。素行の悪い息子も、ろくでなしの父親も家に帰ってくる。たまたま通りかかって、全員が寄り添ってすやすや眠っている様子を目にした天使は、「素敵な一家だな」と思うだろう。本当は、朝早く起きる者やいつまでたっても起きてこない者がいたり、何も言わずに家を出ていく者がいたりするのに。

母親が、夫や子どもたちに「今夜は早く帰ってきてね。わたしと一緒に過ごしてほしいから」なんて言えば、悪い冗談としか受け取られないだろう。

現代の家には霊がいない。霊というのは針の穴だってらくらく通過できるが、いつだって広々とした部屋や長く延びた廊下を必要としてきた。夜更けに、家政婦が「助けて！　納戸に幽霊がいる！」なんて叫んだら、お笑い草だ。

泥棒にも家はあるのだろうか。ぼくの知り合いに、子持ちの泥棒がいる。日中、子どもたちが揺り木馬で遊んでいる傍らで眠る。母親が、「静かにしてね。お父さんが休んでいるから」と声をかける。

あるとき、大きくなった子どもが夜中に飛び起きる。明け方、奇妙な物音が台所から聞こえてきたのだ。

「母さん、母さん、泥棒がいるよ」そう言って暗闇に目を凝らす。

母親は明かりを点けて耳を澄まし、そして優しく微笑んで言った。

「大丈夫。お父さんよ……」

ぼくらはなおも飛びつづけた。

「寒い」とぼく。

ぼくらは右方向へ、それから左方向へ、それからまた右、そして左、そして再び右へ飛んだ。そして、草原に落下する火球さながら、巨大な岩の前にまっすぐ降り立った。

それからは、ずんずん、ずんずん、ひたすら歩きつづけた。

先へ進みながら、導きの霊とぼくは、誰もがするように言葉を交わした。

第3章

「ぼくは永遠を信じません。終わりがないなんて、口で言うのは簡単です。でも、そんなことってありえますか？　まっすぐな道を何百万年も何十億年も歩きつづけて、どこにもたどりつかないなんて。だって、一〇億年ですよ。その倍にしたってていい……長い時間をかければ、その向こう側にだってたどりつけると思うんです。むしろ、問題は別のところにある。つまり、どの方向に向かうのかってことです。右に向かうのか、左に向かうのか」

「そうですかね……」案内の霊はそう言うと、しばらく黙り込み、それから口を開いた。「永遠と死……これらは二つで一つです。人々は永遠について考えませんし、死についても考えない。誰もが、自分は死なないと思い込んでいるから。〈ひとりくらい死なずに済むだろう〉とか、〈やろうと思えばどうにだってなる〉って。ただ、誰にもそのことを打ち明けない。自分の子どもにすら言いません。だって、同じように考える人間が増えたら、うまくいくものもうまくいかなくなってしまいますからね。誰もがそんな希望を心に秘めて、生きているんです。他人の葬式で涙を流すのは、それを隠すためですよ。あれは、ある夏の日のことでした。サン・モリッツ[1]の切り立ったある場所に、銀行家のシャッペンと並んで座っていました。シャッペンが〈今晩はウズラのトリュフ添えを食べよう〉と言うのを聞いて、背中をちょっぴり押してやりたい衝動に駆られました。自分の死についてきちんと考えない人は一年先の約束だって平気でします。〈来年はビアリッツ[2]で会おう〉とかね。それから、子どもに〈大きくなったら……〉なんて話す母親もいる。そんなのおかしいですよ！」

「ぼくは自分の宿命から目を背けることはしません。寿命はあと一〇年か、それとも、一〇〇年かもしれません。時間というのは、きちんと味わうなら決して短くはありません。たとえば三〇代になって、電車内や職場で、時間が経つのは早いと嘆いているようじゃいけません。そうすると、一日一日が指のあいだからさらさらこぼれ落ちていく砂のようなものになってしまい、生きることができぱきこなすべき作業みたいに思えてきますからね。ぼくはというと、一日の重さを量って、それを二四等分の時間にし、たとえばその四つめに注目します。一時間のうちにできることって本当にたくさんあるんです。軽い食事をして、タバコを味わい、散歩に出かける。ショーウインドウを冷やかしながらぶらぶら歩いていると、いい考えが生まれるんです。それについて本を書けば有名になってしまうような。時間があっという間に過ぎていくような気がするときは、一時間をさらに小さな単位に分けるようにしています。一分や、ときには一秒単位に。すると、一時間は三六〇〇秒にもなる……。

ぼくの一日でいちばんお気に入りの時間がいつだかわかりますか？　鏡の前で過ごす時間です。最初はきちんと服を着て鏡の前に立ちます。次に下着姿になる。それから裸になる。ぼくの顔は右から見たほうが繊細に見える。悲しそうな表情をするといい男が台無しです。爪先立ちをしてみます。完璧。あと指二本分背が高ければ、完璧

1　スイス南東部に位置する町。観光保養地として有名。
2　フランス・バスク地方に位置する高級リゾート地。

です。それから踊ってみたり、お辞儀してみたり、挨拶してみたり……うん、まあまあかな。それからこう考えるんです。狂ってしまったらどうなるんだろう？　目を見開いて、口をぽっかり開け、髪の毛をぐしゃぐしゃに乱して、笑ってみる。すると悲しくなるんです。他人事だと思っていたことが、自分の身にも起こりうるんだってわかるから。そして最後に、死んだふりをします。鏡の前にベッドを置いて、白粉《おしろい》をはたいて、横になる。そして薄目を開けて見てみるんです。〈ぼくも二〇年後か一〇〇年後かにはこんなふうになるんだ。別の服を着て、ひょっとしたらヒゲでも生やしているかもしれないけれど、だいたいこんな感じなんだなあ〉そんなふうにあれこれ思いを巡らしているうちに、たいていは眠ってしまう。そうやって、少しずつ死に親しむようにしています」

「死！　個人的にも他の霊たちにとっても死は謎です。わたしたちは以前の姿に似すぎていて、本当の死に至るにはまだ長い旅路が必要なようです。死というのは、はるかにもっと厳格な何かでしょうから。実際、死後の世界でも、人々が話している内容は生きている人間のものとさほど変わりません。誰もが夢や苦悩を抱えている。それは地上で過ごしたわずかな期間に生まれた夢や苦悩ですが、それを何十億年も、神さまに赦《ゆる》されるその日まで、ずっと引きずっていくんです」

「もしぼくがお金持ちだったら、ふかふかのソファに身を沈めて、一日じゅう死について考えていたいですね。でも実際には貧乏なので、細切れの時間にこっそり考えるしかありません。何日か前、天井をぼうっと眺めていると、上司のベッテルさんに突然、〈いい加減にしろ！　勤務中に死のことなんか考えるな！〉と叱られて、ひっくり返りそうになりました。いつの日か仕事をやめて自由の身になる。そのあとでベッテルさんにばったり出くわすことがあれば、腹いせに、全身全霊で死について考えてやるつもりです。もしぼくが王様だったら、国民全員に一日一時間、死について考えることを義務にしたいですね。子どもたちにも考えてもらう。そう、めいっぱい身体を動かして遊んできたあとで、教室の席で腕組みをしてうんうん考えてもらう……」

「生きている頃のわたしには、運命はあまりに不可解なものに思えました。運命こそは熟慮に値するものだと思います。心の平穏はちょっとしたことで乱されてしまう。

ある日、庭先で蠅が蜘蛛の巣にかかっているのを見つけました。〈運命だ〉と思いました。でも、その場を通り過ぎようとして、ふと思ったんです。蜘蛛の巣から蠅を外してやろうって。〈これも運命だ〉と思いました。でもそのすぐあとに、また蠅を蜘蛛の巣にくっつけに戻りました。この蠅の運命っていったい何なのでしょう。蠅を蜘蛛の巣から外したりまたくっつけたりしているうちに一時間が経過しました。そのとき、近所のスミスさんが通りかかったので、呼び止めて、簡単に事情を説明してから、蠅をその手に渡しました。蠅をつまんで困り顔のスミスさんを横目に、わたしはその場を離れました」

「ぼくの身に起こったことに比べたらまだ健全ですよ。ある日の昼頃、家を出ました。独本当に食べたかどうかわからないくらい小さなパニーノ[3]で腹ごしらえをしてから。独身で、お金がまったくない時期でしたので。そして、角にあるジッパー氏の菓子店の前で立ち止まりました。ショーケースにおいしそうなものが並んでいたんです。すると、ミルトンのやつが飼っている犬が脚にまとわりついてきた。うっとうしくて、蹴とばしてやりました。そのことがミルトンに見つかり咎《とが》められたので、こっちも負けずに言い返してやりました。そうこうしているうちに人だかりができてきた。ぼくはそっとその場を離れ、ひと気のない道に入りました。さっきの一件のせいでむしゃくしゃしていたんです。それですたすた、すたすた、ひたすら歩いていくと、ひとつめの曲がり角に何やら紙の束が落ちているのが目に入りました。そう、札束でした。ぼくはそれを拾ってポケットに滑り込ませました。すると幸せな気持ちになったんです。幸せのあまり、涙が込みあげてきました。いくらあるのか家に帰ってゆっくり数えよう。ジッパー氏の店の前にはまだ人だかりがあって、その真ん中でミルトンがわあわあ声を張りあげていました。ぼくは、ミルトンとそこにいる人たち全員に軽く挨拶をして、通り過ぎました。

その日以来、こころ穏やかではいられなくなりました。偶然がいかに大きな力をもっているかを知ってしまったからです。ベッドで横になっていても、こう考えてしまう。〈ひょっとしたら道に札束が落ちているかもしれない。五分後に誰かが札束を落とすかもしれない。五秒後に札束が落ちるかもしれない〉たった一瞬が運命を分け

3　イタリア風サンドウィッチ。

るんです。いてもたってもいられず、おもてに駆けだすことになるのです」

第4章

ぼくらはしばらく黙っていた。相手が話すこともぼくの話と同じくらい興味深かった。二人とも、それぞれが自分自身と対話するかのように、脳内を思考が自由に行き来するのに任せた（自分自身との対話といえば、ぼくはアコーディオンの陽気な調べに乗ってぴょんぴょん飛び跳ねながら、頭のなかでは途轍もなく悲しいことを考えていることがある）。

「心の病は、身体の病よりましと思いますか？　ぼくはそうは思いません。実際、心痛が原因で亡くなったおばあさんを知っています。貧しい人が、リューマチや扁桃炎に苦しんでいれば、病院に連れていってもらえる。そこで栄養のある食事をして、暖かい布団で寝て、心のこもった看護が受けられます。だけど、心が痛む場合は見向きもされない。結局のところ、大きな心痛よりも風邪のほうが大事にされるんです。

心の痛みを癒す病院が必要でしょうね。恋愛の痛みや仕事が原因の痛みなど、それぞれの痛みに適した診療科を備えた病院がね。

ただ、仮に心の病と身体の病が癒されたとしても、それで終わりじゃありません。そのことは新聞を開けばすぐにわかることですよね。ぼくはどんなお年寄りのことも心から尊敬しているんです。だって、よくもそんな年まで無事でいられたものだと思うから。オレンジの皮で滑って転んだり、梁が頭上に落下することもなく。みんなで慎重に示し合わせたとしても、何ひとつ、本当に何ひとつ起こらないことはありえないというのに。交通事故や盗みやいじめのひとつもなく、ひとりの子どもも転ばない日なんてのはありえません。残念なことにどうしたって、一分も、一瞬も、一瞬のうちの一瞬すら、マンチェスターでも、ボンベイでも、スンダ列島でも、マドリードでも、悲しいことが起こらないなんてことはありえないんです。いまこの瞬間にも、世界のどこかで列車に轢《ひ》かれている女性がいるかもしれない、襲われている人がいるかもしれない、空き巣にあっている家があるかもしれない。そう思うと、落ち着いて食後の一服を味わうこともできなくなる。髪の毛が全部真っ白になってしまいそうですよ。朝起きて窓を開けると、風が、その晩に亡くなった人たちの香りを運んできてくれます」

ぼくらは口をつぐんだまま、数キロ飛びつづけた。それから、人生で起こるありえない事柄について話し合った。

「おかしなことと思われるかもしれませんが、生きているときに、つまりわたし自身が生きていたときには、小説のなかで起こるような重要な出来事を目の当たりにしたことがありませんでした。どうして自分は〈事件の現場〉に居合わせることができないのか。他愛ないいざこざでもいいのに。休みの日には、わざと町を隅々まで歩き回ったものです。酒場や踏切や川の船着き場に立ち寄ってみたり。それでも、町はずれのひと気のない広場で少年たちが揉み合っているのがせいぜいでした。どうしても、家を出るタイミングが悪くて、喧嘩や交通事故の現場に居合わせることができない人間ってのがいるんです。いまだにうらやましく思いますよ。夜中、水がしたたる蛇口を閉めるために起き出して、一瞬、通りに目をやる人たちのことを。小声で〈ちょっとおいで〉と妻を呼ぶ。二人でよろい戸の隙間から、向かいの店から人影が出てきて闇に消えるのを目撃する。泥棒です。

　ときどき、夜によその家の呼び鈴を鳴らすことがありました。激しく言い争う声が聞こえてきて、夫婦だな、と思う。もしかすると事件に発展するかもしれない。そんなときには、急いで呼び鈴を鳴らすんです。すると、夫のほうがすぐに〈どなたですか〉と声をあげる。〈電報です〉と答える。そして玄関先に誰かがやってくる隙に、身を潜める。〈あの夫婦はこの不思議な呼び鈴のことを話して、抱き合って優しい眠りにつくんだろうな〉と思うと、温かな気持ちになったものです」

第5章

「本当のことを言うと、物事《ものごと》にはあまりこころ引かれません。だけど、人間には興味があります。人間というのは、宇宙に浮かぶ惑星みたいにひとりひとりが独立したひとつの世界ですからね。町に出ると、誰もが自分のほかには誰ひとり存在しないかのように歩いている。すぐそばを歩いている誰かが世界一幸福な人間かもしれないし、世界一徳の高い人物かもしれないのに。実際、ある晩、橋から身投げするつもりで広場を横切ったときも、ぼくのそばには大勢の人がいたというのに、肩が触れ合うくらいすぐ近くにいたのに、誰ひとり見向きもしてくれませんでした。

大声を出して店のショーウインドウを叩き割りたい衝動に駆られることがあります。そうすればようやくみんなが駆けつけてきてくれるでしょうからね。馬車だって車だって止まるでしょうし、きれいな女性たちも窓を開けて顔を覗かせてくれるかもしれない。〈何があったんだ〉〈誰かしら〉って。そうしたらこう言ってやるんです。〈ぼくの名前は××です……〉え、どこのどなた？　みんな首を傾げるでしょう。大勢の注意を引くのであれば、死の特効薬でも発見しないとダメでしょうね。そんな特効薬を見つけた暁には、自分がもっているなかでいちばんみすぼらしい服を着て、町に繰り出そうと思います。すれ違う人たちは誰もがぼくのことを失業者だと思うでしょう。でもって、ふいにこう叫ぶ。〈死の特効薬を発見したぞ！〉そうしたらみんなが集まってきて、褒めたたえてくれるでしょう。ありとあらゆる称賛の言葉を浴びせてくれるでしょうね。〈すごいぞ！　××さん、万歳！〉って、ぼくの名前も知らずにね。そこで、薬の粉末を風に撒き散らしてやるんです」

「愛についてはいかがですか？　あなたの考えをうかがいたいです」

「ほう、死後も好奇心は尽きないんですね。ぼくも好奇心が強いですから、町行く人の足を止めて、誰彼に〈いまこの瞬間、何をお考えですか？〉って訊いてみたいですね。それ以外にも、民家の軒先で聞き耳を立ててみたり、恋人たちや怪しげなタクシーのあとをつけてみたりもしたい。紙が道に落ちていたら、何か書かれていないか、面白いことが書かれているんじゃないかと期待に胸を膨らませて拾いあげます。電報を届ける仕事もやってみたいなあ。報《しら》せが届いたときに、その家で起こる反応を見るためにね。泣くかな、どうかなって。朝、脇目もふらず猛然と職場に向かう人たちを呼び止めて、〈すみません。人生って何ですか？〉と訊いてみたい。まともに取り合ってはくれないでしょうし、足を止めてすらくれないかもしれません。遅刻したらいけないから、って」

「わたしの質問に答えてくださいませんか？　愛については？」

それまで冷静沈着だった案内の霊が動揺している様子がはっきり見てとれた。

ぼくらは木陰で少し休憩した。導きの霊に勧められて果実をいくつか口にした。その果物は、新鮮でみずみずしく、舌の上で心地よく溶けていった。それからまた飛行とおしゃべりを再開した。

「計算してみましょう。ひとりの女性がその生涯で提供するキスの数は平均で約三〇〇〇で、約二〇万のキスを受けます。ぼくの町には、三〇万人の女性が住んでいる。ということは、数百億のキスが交わされていることになる。数百万のキスを受ける者もいれば、数十程度しか受けられない者もいる。これほど膨大な数のキスがあれば、世界はご機嫌なものになるはず。しかしそうはいきません。キスひとつすらもらえない者だっているのですから。たとえば、街角に弱々しく佇むしがない男たちのことを考えてみてください。連中は通りかかる美しい女性たちの姿を目を輝かせて追うばかり。キスひとつのためなら、全財産だって擲《なげう》つでしょうね。なのに悲しや、食事にありつくのにギリギリのお金しかない。ぼくは世界一美しい女性になってみたいですね。そして、一日に一〇〇のキスをこうした男たち一〇〇人に提供してあげたい。遠くの町からもたくさんの人が押し寄せてくるでしょうね。混乱や言い争いやズルを避けるためには、あらかじめ順番を決めておかないとね。〈鼻にキスしてください〉〈ぼくは右の頬に〉〈ぼくは耳の後ろがいいな〉みんな子どもみたいに大はしゃぎするでしょうね！

容姿の優れていない女性たちに想いを馳せることもあります。こういった女性たちは、帰宅中にたびたび後ろを振り返っては、誰か男性があとをついてきていないか確認します。しかし誰もいない。たまたま男性が居合わせたとしても、彼はその女性に関心があると勘違いされないよう、そそくさと道を変える始末。そして家に辿りつくと、窓辺に駆けていって、よろい戸からこっそり外を覗きます。やっぱり誰もいない。そっとよろい戸を閉め、部屋の明かりを点け、鏡の前に行く。こういう女性たちもいるんですよ。ぼくは休暇の時間を利用してでも、こういった女性たちひとりひとりのあとをつけてあげたいと思っています。ぼくが後ろにいることに気づいたら、ドキリとするでしょう。ぼくたち二人きりだったら、ぼくの手にキスしてくれるかもしれません。そんな女性たちの家の窓の下に行ってじっと待つ。そして、カーテンがちらりと動いたら、最高の笑顔を向けてあげるんです」

第6章

「相反する感情がごちゃ混ぜになっていますね。あなたは空に浮かぶ雲のように移ろいやすくいらっしゃる。もしあなたのやり方で世を治めるとしたら、矛盾だらけで、失敗してしまうでしょうね。あなたがお金持ちになった姿を、それも億万長者になったところを見てみたいものですが。お金持ちになることには興味ありますか？」

「お金持ちになれたら、朝から晩まで、鼻歌を歌ったりぴょんぴょん飛び跳ねたり口笛を吹いたり、できることなら宙返りしたりしながら、町を闊歩《かっぽ》したいなあ。夜は、係の者に二〇分おきに耳元で〈あなたは一〇〇億リラ[4]お持ちです〉と、囁いてもらうんです。貧しい地区を訪ねて、通行人を呼び止め、だしぬけに〈ぼくはいくら持っていると思う？〉と尋ねてみるのもいいですね。

〈一〇〇〇万ですか?〉と通行人。

〈もっと、もっと〉

〈一億?〉

〈もっと、もっと〉

〈一〇億?〉

〈もっと、もっと〉

そう言ったときの相手の顔が想像できますか? こういうことがぼくの心をくすぐるんです。それ以外のものは一〇〇〇万もあればたいてい手に入りますから」

「あなたのことだから〈たくさんいいことをするためにお金持ちになりたい〉とお答えになるのだとばかり思っていました」

4 二〇〇二年までイタリアで流通した通貨単位。一九三一年当時の「一〇〇億リラ」は現在の約一〇〇億ユーロに相当。

「いいことはやりたいですよ。ただし、こっそりね。窓辺から、物乞いが下を通るのを見計らって五〇リラの札束を落とし、急いで外に出て、あとをつけてみたことがあります。誰もいない場所で、お金を眺める顔の嬉しそうだったこと！　ぼくがやりましたと申し出て、一緒に劇場にでも繰り出したい気持ちでしたよ。別のやり方を試してみたこともあります。ズボンのポケットに穴を開けて、人混みのなかを歩き回り、丸めた紙幣を滑り落とすんです」

「わたしにもお話しさせていただけるなら、わたしが生前知り合った物乞いの話をお聞かせしましょう。その男のせいで、骨の折れる日々を過ごすことになったんですから、忘れようにも忘れられません。通勤時にどうしてもその物乞いの目の前を通らないといけなかったんです。いくらか小銭をもっているときもありましたが、もっていないときもあって、それで苦労しましたよ。ありとあらゆる口実を考えださないといけなくなったのでね。新聞に顔を埋めたり、ダッシュしたり、前を行く人々のなかにいる架空の誰かの名前を大声で呼んでみたり。じっと立ち止まってみたこともあります。壁に貼られたポスターの前に立って、物乞いの視線が逸《そ》れるのを待って。あるいは、こちらの存在に早くも気づかれてしまったときには、その人まであと一〇歩というところでポケットの中を探って、〈まいったな、すっからかんだ〉とぶつぶつ言いながら通過したことも。あるとき、ポケットの中に、二リラ札一枚しかなかったことがありましてね。で、すっかり混乱して、それを差し出してしまったんです。〈一・八五リラのお釣りをいただけますか〉か〈一・九〇リラのお釣りをください〉とでも言えばよかったんですけどね。とうとう、コルト橋の向こう側に引越すことにしました。そっちには目の見えない物乞いしかいなかったので」

「ぼくにも物乞いの知り合いがいます。タブって名前のね。タブには妻と二人の子どもがいました。一歳八カ月のニンと、六歳のわんぱく坊やです。タブはこの坊やを連れて物乞いに出かけていたんですが、〈この子のためにどうかお恵みを……〉と言うときに、その子がどこかに消えてしまっていることもしょっちゅうでした。幸い、物乞いの声というのはぼそぼそとしか聞こえないものですよね。そうじゃなければ、タブの面目は丸潰れでしたよ。

タブは、いずれは次男が助けになってくれるものと期待していました。この次男坊は、家で、ブリキの皿をもって通行人の足元につきまとう練習を大喜びでしていましたから。

日曜日、天気がいいときには家族で町に出て、通りを歩きながらたびたび通行人の前に手を伸ばしていました。ニンが〈おめくみ！　おめくみ！〉とやるのを、女性たちは顔をほころばせて見ていたものです。

タブは、広場の歩道に陣取っていたんですが、そこから二〇メートルほど離れたところにティコという名前の物乞いがいました。北からやってくる人は、まずティコの前を通り、南からだと最初にタブの前を通ることになる。ひどくお人よしの若者でもない限り、この二人の両方ともに恵んでやる者はありませんでした。

ティコは意地悪な男で、お金をポケットにしまう動作を頻繁にしてみせました。ライバルを悔しがらせるための手真似です。あるときは銀貨を太陽の光に当ててきらりと輝かせてみたり、またあるときにはすすり泣きをしてみせたこともありました。すると、通行人たちはティコのほうに気を取られてしまう。その日、タブは日が落ちはじめると早々に帰宅することにし、ティコの前を通りながら、この卑怯者と言ってやりました。でも、ひとつ思うところがあり、ティコの目の前に置かれた黒い帽子に小銭をひとつ入れると、軽い足取りで家に向かいました。

その日の夜、タブはすてきな夢を見ました。通りの角に置かれたソファにニンが腰かけている夢です。ニンは肉付きよく、薔薇色の頬をしていて、金の鎖を首にかけていました。そしてその前を通る全員が、ニンの前に置かれた帽子のなかに、ティコより大きくてピカピカの銀貨を入れていきました」

ぼくたちは広大な野原に降り立った。日は翳《かげ》り、黒く大きな鳥たちが雲のあいだをびゅんびゅん飛翔していた。

「雲が喪に服しているみたいだ」怪鳥たちの忌々しげな翼を見て呟いた。

しばらく二人とも口を開かずにいた。それから、案内者が言った。

「喪は、意味のある制度だと思いますか？」

「他の制度同様、時代の影響を受けやすいですね。たとえば、かつては頭のてっぺんから足の爪先まで黒で固めるものでした。しかし、黒服一式を揃えるのに、葬儀そのものよりお金がかかることもありました。その後、幅広の黒の腕章さえ着ければよいということになりました。そしていまは上着かジャケットの襟に黒地のリボンを着けるという別の習慣が広まっています。こうした変化は好ましいですね。おかげで、貧しくても分け隔てなく喪に服すことができるようになりましたから。ただ、貧しいといっても、少なくとも上着かジャケットはもっていないといけないわけですが」

第7章

「静かに！　もうそろそろです」案内役の霊が言った。ぼくらは広くてじめじめした洞窟の中にいた。丸天井の開口部から差す光が、壁に埋め込まれた小さな扉に当たっていた。

「さりげなく振る舞ってくださいね。正体がばれたら大変なことになりますから。わたしにとっても……」

ぼくたちは中へと足を踏み入れた。まず目に入ってきたのは、たくさんの霊が集うだだっ広い中庭のような空間だった。岩の上から悪魔がその様子を監視していた。

「嘘つきたちです」

みんなの視線が自分に注がれているように感じた。そこで、さりげなさを装おうと、口笛を吹いてみた。

「口笛を吹いているのはどこのどいつだ？」悪魔が鞭を振るいながら大声で言った。

ぼくの髪は恐怖で逆立った。

誰も何も言わなかった。

「俺様が吹いたってことか？　え？」歯をむき出しにして悪魔が言った。

「ぼくが吹きました」ひとりが叫んだ。

「違います、口笛を吹いたのはわたしです」別の誰かが声をあげた。

その後、中庭には「ぼくです」「わたしです」「自分がやりました」の声がこだました。

悪魔は静かにするよう命じると、右に左に鞭を打った。「ああ、気持ちいい」嘘つきの霊たちは口々にそう言った。

「二たす二は？」そのうちのひとりに訊いてみた。

「三七」

張り倒してやろうかと思ったが、案内者がじろりとこちらを見てきたことで、さっきの助言を思い出した。

「あのう」導きの霊が同じ霊に尋ねた。「大食漢の環道は右ですか？　左ですか？」

「左です」その霊は丁寧に答えた。

案内者とぼくは右へ向かった。

大食漢たちはつやつやの薄桃色に塗られた複数の広い部屋に入れられていた。各部屋の中心には、アーモンド菓子、プリン、アイスクリームがどっさり積まれていた。食べ物の山の周囲にはクリスタル製のパイプが美しく張り巡らされ、その中を甘いリキュールと貴腐ワインが、草原を流れる小川のようにトクトクと音をたてて流れていた。食べ物の上空には白い雲のようなものが漂い、松脂の爽やかな香りを放つアルプスの風が、天井に吊るされた淡い色をした桃の木の葉を揺らしていた。

亡者たちは群がり、その見事な光景に目を大きく見開いて見入っていた。その向こうでは、悪魔たちが喜びに目を潤ませながらがつがつと食事をしていた。そのうちのひとりが腹をポンと叩いて言った。「これぞ天国!」

亡霊のひとりが悪魔にこう言うのが聞こえた。

5 本作が構造を借用したダンテ『神曲』で描かれた漏斗状の地獄にめぐらされた環状の道のこと。降下するほどより重い罪の霊が住むとされる。

「賭けをしませんか？　五分間にパイ菓子を一〇〇個食べてみせます。負けたら平手打ちで！」

悪魔は「やだね」と答えた。

ぼくは抜き足差し足でその場を離れた。ぼくの胸は悲しみに潰され、口には唾液が溜まっていた。

特段見るものもないまま、たくさんの部屋を足早に通過していった。そして最後の部屋に着いたとき、導きの霊とぼくは驚いて開いた口がふさがらなくなった。一面に陽気さがみなぎっていたのだ。誰もがごちそうを食べ、死者と門番は和やかに言葉を交わしていた。突然、悪魔のひとりがスポンジケーキの山にのぼると、大声で言った。

「もうひとつ何か聞かせておくれ！」

賑やかな声が止み、みんなが地面にしゃがみこんだ。すると、ひとりだけ立ったままの男性がにっこり微笑みながら言った。

「他の惑星での生活について重大な秘密を教えて差し上げましょう」そう言うと、驚くべきスピードで、牡蠣を一〇個ほど飲み込んだ。にっこり笑い、くすくす笑い、忍び笑いが聴衆のあいだに伝播していった。

案内の霊は重要な情報をキャッチしていた。

「あの男は一カ月ほど前にやってきたそうです。名前はチェーザレ・カダブラ。彼がやってきてから、ここの暮らしは変わりました。ワクワクする話を披露しては、門番たちを夢見心地にさせてしまうんです」

カダブラの話がはじまった。

「金星の住民の寿命は一時間だけです。その短時間のうちに、わたしたちが何十年もかけてやるように、それぞれが自分自身の役割をまっとうします。誰もが幸せに満ちています。生まれ出るなり、天使が待機していて、〈あなたは何をやりたいですか？〉と尋ねてくれます。王様……詩人になりたい……お金持ちになりたい……医者……俳優がいい、という具合に。そして、後悔する間もなく死を迎えます。

木星では、命は褒賞として与えられます。よい行いをした人はゆっくり年をとることができますし、悪い行いをすればあっという間に年老いてしまいます。わたしたちには煉獄[6]や地獄がありますが、木星人にとっては時間の進行に対する恐怖がそれに相当します。子どもが砂糖を盗み食いしたら、ただちに一カ月の年をとります。一〇〇リラを盗んだら、一年時間が進みます。殺人を犯したら、一気に三〇年分年老いてしまいます。早く大人になりたい子どもたちは、わざといたずらをします。

土星では、地球でいうところの死ぬ年齢で、生まれます。つまり、年は減っていくんです。それには大きなメリットがあります。というのも、生まれたときから自分の死の正確な日付と時間がわかっているので、穏やかな心持ちで死の瞬間を迎えることができるためです。人々はこんなことを言い合っているんですよ。〈ぼくは今度の金曜日の一〇時半に死ぬんだ〉〈そうか、二四時間後なら一緒に死ねたのにな〉

サンテリオ[7]星のことはご存じですか？　この星の住民たちの姿は、彼らの目にもほぼ見えません。見えるのは足元だけ。ラッキーな人たちですよ！　朝ベッドから起き出して、靴に足を滑り込ませさえすれば、身支度が完了するんですから。日曜日には、おろしたてのぴかぴかの靴や、金や銀や宝石があしらわれた靴を目にすることができます。ぼろ靴しか持たない人は家から出てきません。夜、人々が寝静まった通りでは、壁のそばをぼろ切れや紙の包みのようなものがうごめいているのが見えます。貧しい人たちです。〈いったいいつになったら靴を手に入れられるんだろう？〉それが彼らの悩みです。地球では、貧しい人は多くのものを夢見ますが、この星で人々が望むのは靴、ただそれだけです。

うんと遠くに浮かぶメラニオ星[8]では、目に映らない姿の人々が暮らしています。ただ声が聞こえるのみ。甘い声、しゃがれ声、女性らしい声、男らしい声、調和のとれた声。声のトーンから、感情の機微を読み取るのです……」

ひとりの悪魔が駆けつけて、カダブラの話を遮った。

「天使だ！　天使のやつらがやってきやがった！」息せき切ってそう叫んだ。

瞬く間に、全員が所定の位置につくと、亡霊たちは呻き声をあげはじめ、悪魔たちはげんこつや平手を食らわせたり、蹴りを加えたりしだした。

6　カトリック教会の教義で、地獄と天国の中間に位置するとされる。小罪を犯した霊魂が罪の浄化を受け、天国に入る準備をする場所。
7　ザヴァッティーニの創作による惑星。
8　ザヴァッティーニの創作による惑星。

第8章

純白の翼をもつ天使が降り立った。その柔和な眼差しの持ち主は、金糸が織り込まれた衣を身に着けていた。

「カダブラさんはこちらですか？」

「はい、わたしですが」

「あなたはまだお亡くなりになっていません」天使が優しく告げた。

全員が目をぱちくりさせた。

「硬直状態だったのです。あなたのご親戚が慌てて墓地に運んでいってしまって。ついていらっしゃい。地上にご案内します。主がお望みの限り、地上に留《とど》まってください」

天使が笛を吹いた。すると、二人の慎ましやかな天使が現れ、カダブラの両脇についた。

「またいつか戻ってきます」カダブラは、遠ざかりながら、感情を滲ませた声でそう告げた。

悪魔たちも目を潤ませていた。

「ありゃ単なる言い訳だ」でっぷり太った亡者がつぶやいた。「天国にやつを連れていって、自分たちが楽しませてもらおうって魂胆さ」

ひとりの大食漢が、地獄界を抜け出しつつあった天使の足元にすがりつき、懇願した。「お願いですから、もう少しだけお話を聞かせてください」

天使は願いを聞き入れ、三人を呼び止めた。

敬虔なる静寂が戻ると、カダブラが口を開いた。

「ロックは葬儀のときの講話で億万長者になりました。トールの町では誰もがそれを必要としていたためです。その話術は非常に巧みで内容も優れていましたが、葬儀の講話は高額で、誰もが払える額ではありませんでした。ロックは黒服をばっちり着こなし、約束の時間ぎりぎりに墓地に姿を現すのが常でした。なかでもヴィッテル氏を称えた講話は歴史に残る成功を収めることになりました。なんと、アンコールをすることになったんですよ。トールの町の女の子たちはみんなロックに恋をしていました。彼女たちにとっての死とは、ロックとのハネムーンを意味していたのでした」

「ブラヴォー！」悪魔が言った。

カダブラは話をつづけた。

「その見慣れない顔の男は食堂に入ると、重量感のある声で言った。〈おれの名はコワイ・ヨソモノだ〉そして席に着き、たっぷり幅のあるマントを脱いだ。その場にいた全員の目がその男に釘付けになり、賑やかな話し声が止んだ。食堂の主人が駆けつけ、給仕と手伝いの女性がそれにつづいた。男はなみなみと注がれたウォッカを飲み干すと、のそりのそりと出口へ向かっていった。食器のたてる金属音が遠くで鳴り響くのが聞こえた。男は扉に手をかけると、振り返り、にっと笑って〈コワイ・ヨソモノって名は嘘だ〉と大声で言った。そして、闇夜へと姿を消したのだった」

星にまで届かんばかりの喝采が起こった。

「ああ、名前というのはなんと不思議なんでしょう……」天使がぼそりと呟いた。

カダブラの話はつづいた。

「ソシマとディオディカは、世にも美しい結合双生児で、お互いのことを心から大切に思っていました。ふたりはマケンズ氏が率いるサーカスで世界各地を巡業していましたが、ディオディカのほうはサーカスの調教師ヴァルテルと愛し合っていました。星空の夜、ヴァルテルがふたりが眠る馬車の窓辺にやってきてギターを弾くと、ディオディカはソシマをそよ風のような優しい声で起こしてやりました。そしてふたりで窓から顔を覗かせましたとさ」

カダブラは額の汗を拭って、四話目を語りはじめた。

「あるとき、わたしは夫を亡くしたマーガレット・サムに食事に招かれました。すばらしい食事を堪能し、甘いロゾーリオを楽しんだあと、マーガレットが〈アントニア、蓄音機をお願い〉と言いました。家政婦が古い蓄音機にレコードを載せると、パチパチという音や息づかい、呻き声といった奇妙な音が聞こえたあと、消え入りそうな声で〈さよなら、マーガレット〉と言うのが聞こえました。そこでレコードが終わりました。

〈夫の声です。夫の最後の言葉なんです。わたしへの贈り物です〉

重い沈黙の時間が流れ、それからわたしたちは二杯目のロゾーリオを飲みました。その日は夜遅くまでいろんなことを語り合いました。その間、アントニアはたびたびそのレコードをかけたのでした」

天使たちが翼を大きく二度羽ばたかせ、カダブラを連れて飛び去ると、暗い迷路のような場を満たす熱狂はどんどん遠ざかり、小さくなっていった。

9 花で香り、砂糖で甘みをつけたリキュール。アルコール度数の低い食後酒。

第9章

次が何の環道だったか判然としなかったが、とくに目ぼしいものはなかった。見るからに崇敬に値するひとりの霊以外は。ぼくたちはすぐにその存在に気づいた。その霊は高名な哲学者だったのだ。ああ、天の意志のなんと不可解なこと！　その霊は、口をぽかんと開けて話に聴きほれる大勢の弟子に取り囲まれていた。

哲学者は観念について論じていた。

「ときに誰かが言う。〈アイデアが浮かんだ！〉実際のところ、観念というのは、ひとりでに現れ出るものなのです。それも出現を期待していないときに限って現れる。睡眠中に現れることもあります。ちらりと顔を覗かせたかと思えば、とっとと消えてなくなることもしょっちゅうです。

わたしの場合、見事なアイデアは必ず馬鹿馬鹿しいアイデアと手を携えて現れ、数時間のあいだ交代を繰り返します。そうした場合には、退屈ですから、昼寝でもして対決の結果を待つことにしています」

哲学者は思索に耽り、それからまた話しだした。

「せっかくですから、皆さんのお役に立つ話、すなわち正しい助言を授けたいと思います。まあ、役に立たない助言ってのも変な話ですが。ともかく、ご清聴あれ。誰かが亡くなると、遺族の家には、〈この度はご愁傷様です〉や〈この度は誠にご愁傷様です〉などと書かれた弔電の束が届きます。生前から遺族と懇意にしていた友人が〈お悔やみ申し上げます〉と書いてきたのに対し、ただの知り合いのほうが〈心からお悔やみ申し上げます〉と書いてくることもある。〈心から〉と書き添えることで高い効果が得られるのがおわかりですね。ゆえに諸君、細心の注意を払って効果の高い弔電をしたためよ！　たとえば、〈史上最大哀悼の意捧ぐ〉なんていかが？　一〇語二リラという料金体系内で最大限効果的な形式を追求すべきです」

「ご講義に感謝いたします。ただ、残念なことにわたしたちにはもはやその機会が……」と、弟子のひとりが言った。

「クイズをしたい人は?」哲学者はその言葉を遮り、反論をかわした。

「はい! はい! はい!」弟子たちが声を揃えた。

「五つ持っている者もいれば一〇〇持っている者もいる、不平等なものです。それをたくさん手に入れるには苦労したり、結婚したり、子どもを育てたり、世の中のことによく通じる必要があります。どれほど強くそれを持ちたいと願っても、三〇以上は手に入れられない人もいます。子どもたちは、やがては手放すことになるそれを集めはじめたばかりです。ろくでもない人間でもそれをふんだんに持っていれば敬意の対象になります。それを積みあげることに疲れ果ててしまう人もいます。ある経験をするのに、ある程度決まったそれの蓄えが必要とされることもあります。死ぬのに蓄えの数は関係ありません」

「年齢です」弟子たちがたちまち声をあげた。

ぼくたちは傲慢な者たちの集う環道も覗いた。案内の霊が話しかけた年老いた男性は、その長い人生のうち、たったひとつのエピソードしか記憶していないとのことだった。そして歓喜に目を輝かせてそのエピソードを披露してくれた。「わたしがカフェの前に座っていたときのこと、ひとりの画家が街の光景を絵に描いていました。立ち上がって、その画家のそばに行ってみました。すると、そう、その絵の中にはわたしの姿も描き込まれていたんです。薔薇色の壁を背にしたちっぽけな黒い染み、それがわたしでした。わたしは走って家に帰り、白い上着を羽織ると、カフェに座り直しました。そして、画家の顔を見て、にやりとしてやりました」

第10章

ぼくたちは悠然とこちらに向かってくるひとりの若者に目を奪われた。若者はチェトラ[10]を荒々しくかき鳴らしながら何やら語っていた。

「山あいにある集落が好きなのさ。数軒の民家と教会と墓地がまとまってあるような。墓地は猫の額ほどの広さで、おままごとみたいな塀に取り囲まれている。ヤギは柵をひょいと飛び越え、山の白い太陽の下、ふかふかの草地に寝転ぶ。馬車なんて要らない。少し歩けばどこにでも行けるから。住民たちは自宅の窓辺で墓地での説教に耳を傾けるのさ」

その男の後ろを歩いていた霊は、奇妙な笑いと悲哀の表情を交互に繰り返しながらぼそぼそと独り言《ご》ちていた。

「空は灰色。水面から薄い霧が立ちのぼり、風は背の高いポプラの葉を鳴らす。川岸をゆるゆると進むわたし。悲しい気分なの。踊り、歌い、おどけた声を出してみるの。トラッラララッラー！ ウブ、ウブ、ララー！[11] それでもダメ。悲しいままなの。若い友人の棺の後ろを歩くわたしの顔も、凍てついて生気を失い、途方に暮れた目をしているのかしら？ 死がもたらすのは孤独に立つか細い木の憂鬱にあらず」

「地獄はこの種の人間でいっぱいなんですよ」導きの霊が言った。

ぼくたちは、穏やかに議論する三人の霊の前で少し足を止めた。

「貧乏人たちです。この三人はいつも一緒にいて、朝から晩までずっとこうしているんです」

---

10 古代ギリシアで用いられた弦楽器。

11 ザヴァッティーニの創作による支離滅裂な言葉。

気後れして、なぜ貧乏人が地獄にいるのか尋ね損ねてしまった。

一人目が言った。

「明日、アメリカに発つよ。世界一お金持ちのモルガンさんの住所がわかったからね。モルガンさんにこう言ってやるんだ。わたしは貧しい大家族の大黒柱です、大勢の子どもと、妻と、兄弟姉妹と、年老いた母親と、貧しい従兄弟が二人いるんです。あなたにとって一〇〇万、いや五〇万って何ですか？　あ、もちろんドルの話じゃないよ……だって、両替したら一〇万ドルにもならないだろうからね。それってあなたにとっては一時間で稼げる額ですよね。わたしが一〇〇万持って家に帰ったら、家族がどれほど喜ぶかわかりますか？　号泣する者、抱き合う者、宙返りする者、雄叫《おたけ》びをあげる者だっているでしょう。そうですねえ、困っている他の親戚も合わせたら、全員で四〇人になりますかね。その全員が生涯かけてあなたに感謝するんです。ちょくちょくお便りを差し上げます。子どもたちには毎晩モルガン様に祈りを捧げさせます」

二人目が言った。

「健康に恵まれていて頭もしっかりしているんだからお日様の下を堂々と歩いてりゃいいのに、実際には夜も眠れず食も進まない人間が大勢いる。そういうやつらは、たまに外出したとしても、人目を避けて裏道に入り込んでしまう。歩いている途中で急に回れ右をして、顔を赤らめて急いでよその家の門に隠れちまうんだ。誰かが戸口を叩くのが聞こえたら？　今度は顔を真っ青にして、屋根裏に逃げ込んじまう。で、子どもを用を聞きにやる。誰とも話さないし、新聞も読まない。一カ月かそこらですっかり老け込んでやつれちまう。自殺を考えるやつもいる。え？　いったい何をやってるのかって？　事件？　いや、仕立て屋やパン屋への支払いが嵩んでるって話さ……ただ、それだけのこと。そう、ただそれだけのことさ」

三人目が言った。

「お金がある人はいいですよねえ。わたしが住んでいた村にもお金持ちがいましたよ。それも大金持ちがね。いい服や絹製品や新品の靴を持っていましてね。わたしにはどうやったら金持ちにぎゃふんと言わせられるかわからんのです。まあ、金持ちがいる目の前でボロを着た人間を呼び止めたら、少しは嫌な気持ちにさせられますよね。恭しく帽子を脱いで、そのボロ男に大声で〈奥さまはお元気でいらっしゃいますか？お坊ちゃまはいかがですか？〉と言ってやるんですよ。それから、偉そうにふんぞり返って会話しながらその場を離れるんです。あらかじめ家で固く丸めて準備してきた紙つぶてを金持ちに投げつけて憂さを晴らすこともありますよ。玉が命中すると、振り向きますよね……でもそこにいるのは他の人や子どもたち。わたしとはバレません。わたしみたいないい大人がそんな子どもじみた真似をするわけがありませんからね。で、もうひとつ投げつけてやる。すると、その金持ちは怒りに燃えて顔を真っ赤にして、周囲をじろりと見まわしてから、やるせなく去っていくんですよ」

ゆっくり思いを巡らしたいと思ったそのとき、導きの霊が耳打ちしてきた。

「ご覧ください。スワンさんです……」

それは小さな岩に腰かけた男だった。先へ歩を進めながら、我がこころ優しき導き手に教えてもらった。

「スワンさんは一カ月前から天国にいるんですが、誰が見てもわかるくらい痩せてしまったんです。周囲の霊たちが〈何かご心配でも？〉と声をかけても、〈何でもありません〉と答えるばかり。でもじつは早朝から流れはじめる天上の調べと天使の翼の羽ばたきのせいで眠ることができず、悩んでいたんです。生前は、虫一匹殺すことのない善人でしたが、でも、とにかく寝てばかりだったのでね。お祈りの最中にうっかり居眠りしてしまって、智天使[12]に優しく叱られることもありましたよ。そんなある日のこと、スワンさんは、煉獄の扉が開いているのを見つけ、その敷居をまたぎました。当時の煉獄は、じめじめした細長い一本道で、たくさんの人がぎゅうぎゅうになって立って待っていたんです。スワンさんは静かに待つ人々のあいだに紛れ込み、ちょうどいい場所を見つけて、力なく息を吐きながら横になりました。そしてようやく目を瞑《つむ》ろうとしたそのとき、黒い空に、スワンさんの捜索を開始していた天使たちが姿を見せたんです。スワンさんはぎゅっと身を縮こまらせて、〈神さま、お願いです！見つかりませんように〉と祈りました。天使たちは、尋ね人を見つけられないまま、がっかりして主のもとに戻っていきました。しかしその数分後、気持ちよさそうない

12　天使の位階中、第二位にあるとされる天使。しばしば頭部に翼が生えた姿で表象される。

びきがあたり一面に響きわたったんです。〈スワンさんに違いない！〉ピンときた天使たちはすぐに飛びたち、ぐっすり眠っているスワンさんを発見しました。天使たちは大きく翼を広げてその周囲に降り立ち、ひとりの天使が羽根でスワンさんの顎をくすぐってやりました。起こされたスワンさんは片目で天使たちを見やると、汚い言葉を呟きながらぷいとそっぽを向きました。その瞬間、スワンさんの下に深い亀裂が生じたんです。

現在、スワンさんはこの場所で星を数えつづける刑に処されています。ほとんど数え終えたところで、朝がやってきます。そのため、毎晩、最初から数え直さなければなりません。数えながら居眠りすることもありますが、そのときはまるで天国にでもいるような心地になるんですよ」

第11章

目の前に、高く切り立った岩壁が出現した。薄暗い背景とは対照的な、小さな白い雲のような霊が道端に座っているのに気がついた。

「どなたですか?」好奇心に駆られて案内者に尋ねた。

「とある男の霊です」

そう答えると、身体を屈め、上のほうからひらひら落ちてきた紙切れを拾いあげた。

「読んでごらんなさい」導きの霊が言った。「ときどき、あの霊が妙なことを書きつけた紙片が風に運ばれてくるのです」

ぼくはそこに書かれていた文字を貪るように読んだ。「昨日、マックさんと散歩した。マックさんは長い長い恋愛話を聞かせてくれた。ふいにババババと大声を出したい思いが込みあげてきた。気を紛らわせようとしたが、衝動は募るばかり。そしてついに、大きな声でバババラバと言ってしまった。マックさんは目を剝《む》いてぼくの顔を見てから、また話に戻った。ぼくは重責から解放されたような気がした。しかしその数分後、別の切実な思いに駆られることになった。〈べべべレべと言わねば〉という思いだ。〈いや、そんなことできるものか〉〈そんなことを言うくらいなら、姿をくらましたほうがマシだ……〉葛藤にもかかわらず、その五秒後にはべべべレべと大声で言ってしまった。マックさんは抑えた声で〈失礼〉と言うと、そそくさと去っていった」

「道を歩いているとき、前を歩いている人を蹴飛ばしたい衝動に駆られることがよくある。そのけしからぬ行為に及ばないよう、誰もいない暗い路地に入りこむ。そしていま、この日記を書いていると、日記帳のページの端に〈痛いよ、ウェルキンゲトリクス！[13]〉と書きたい欲求が込みあげてくる。なぜだ。なぜ、〈痛いよ、ウェルキンゲトリクス！〉なのか」

同じ紙の裏面にはこう書いてあった。

「春だ。妻にスミレを持って帰ろう。しかし道中、卑しい考えが頭をもたげてくる。いまこの瞬間、スミレの花束を愛する妻に持っていこうと考えている人間はこの世にいったい何人いるのだろうか、と。夜、ベッドに入って明かりを消す。〈おやすみ、おやすみ……〉遠くからざわめきが届いてくる。そうだ、いまこの瞬間、ぼくと同じように、愛する女性の横で暗闇を見つめ、もの思いに耽っている人間は世にごまんといるのだ。自分は鏡に映った像でしかないかもしれないと思うと、背筋が冷たくなる。口笛を吹いてみる。驚いて目を覚ましたマリアが明かりを点ける。ぼくはだしぬけに尋ねる。〈七かける八は？〉〈五六でしょ〉悲しみを湛えた大きな瞳で彼女がぼくを見る。ぼくは寝返りをうち、まだ見ぬ希望に胸を撫でおろし、眠りにつく」

その数分後、ぼくらは嫉妬深い者たちの環道にいた。好奇心に満ちた視線をこちら

13 共和政ローマ期、ガリア出身の英雄（紀元前八二―紀元前四六）。ローマのガリア侵略に抵抗した。

に投げかけてきたひとりに声をかけた。

「ええ、そうですよ。わたしは嫉妬深い人間ですよ。人が大勢幸せそうにしていると ころで、新聞を大きく振り回しながら〈一〇〇万リラ、当たった!〉って叫んでみたことがありました。駆け寄ってきた人たちに、賭けくじで当選し一〇〇万リラを獲得したのだと急いで説明してね。みんなの妬ましい胸の内を想像し、ほくほくした気持ちでその場を離れました」

「ほら、あれがジンジャーです」案内の霊が声をあげた。ジンジャーは隅で横になり爪を噛んでいた。ジンジャーについては案内者からすでに話を聞いていた。ジンジャーには、とても優秀なバットという名の友人がいたという。バットが立派な本を執筆していたときのこと、ジンジャーがバットに「いま何を考えているの?」と尋ねると、「本のことだよ」という答えが返ってきた。ジンジャーはむっとして、バットの気を逸らすためにありとあらゆることをした。「バット、見て! 見て! 蝿がいる!」と言ってみたり、「バット、腎臓が痛いよ」と言ってみたり。

ぼくたちはその場をあとにした。ぼくの胸は悲しみに押し潰されそうになっていた。

「ご覧ください。虚栄心の強い連中です」広々とした広場を横切っていると、案内者が言った。

この不幸な亡者たちは風に向かってしゃべるので、その言葉が反響することはなかった。ある霊がこう話しているのが聞こえた。

「将来、有名になってやる。ぼくの本は世界中で読まれることになる。クストさんがそう言ってくれたんだよ。クストさんはとっても博識なんだから。ぼくはなんて幸せ者なんだろう。新聞でも話題になるだろうね。夜、妻に〈大きな声でよろしく〉ってお願いして、ぎっしり書かれた長い賛辞を読みあげてもらうんだ。〈××で生まれた。まだ若い××は、いずれは××を成し遂げるだろう〉ってね。夜中こっそり起き出して、もういっぺん新聞を読む。ああ、何を書いてもらえるんだろうな。でも、いったい何が書かれるんだろう？　ぼくの人生には何も起こらなかったのに。ああ、エピソードなんてひとつもないじゃないか。ささやかなエピソードすらないよ！

それからしばらく経ったある日、妻に〈カール、最近のあなたには我慢ならないわ……〉と叱られるんだ。一週間前から窓を開けっぱなしにして寝ているからね。霧が室内に入ってきて、布団を湿らせ、骨身にも沁みるけど、でもそんなの関係ない。〈二月にも窓を開けて寝ていた……〉些細だ。あまりにも些細だ。偉人のエピソードってのはもっと特別なものなのに」

ぼくたちは無作法な者たちの環道を左手に進み、その一五分後には泥棒たちの谷に入った。大きくて頑丈な金庫をこじ開けようとしている亡者たちの姿が見えた。口々に悪態をついたり、冒瀆の言葉を吐いたりしていた。ぼくらはさらにその先へと歩みを進めていった。哀れな亡霊たちの姿を最後にもう一度見ておこうと、後ろを振り返った。すると、その霊たちはすでに金庫から手を離して、地面でのんびり横になっているところだった。しかしぼくに見られていることに気づくと、急いでさっきの作業を再開した。

案内役の霊が言った。

「さあ、先を急ぎましょう。時間は飛ぶように過ぎていきます。続きは断念せざるをえません。次は煉獄です」

第12章

鉄製のがっしりした門扉が二つの国を隔てていた。天使がひとりその番を務めている。門が開き、詩篇を朗唱する天使たちの行列が進んでいった。我が導きの霊が門番の天使の耳元で何やら囁くと、門番は一瞬ためらってから、ぼくらを通してくれた。

煉獄は、ヒナギクが一面に咲き乱れる広大無辺の原っぱだった。はるか上方には天国の扉があり、まるで空中に浮かんでいるかのように見えた。天上の調べが風に運ばれ届いてきていたが、その風は氷のように冷たく、この場で待つ者たちを凍えさせていた。空中にときどき現れる光の筋が崇高な輝きを放つと、その瞬間、金色に輝く屋根やエメラルドグリーンの円屋根、細長くそびえる鐘楼が霧からちらり姿を覗かせた。その光景を目にする死者たちの胸は、生者が真っ暗な窓から幾千もの光が町に灯る様子を見るときのように、締め付けられるのだった。

この場所で待つ者たちは、ヒナギクの花びらを一枚一枚ちぎり、「イエス」「ノー」「イエス」「ノー」と唱えながら時間を潰していた。何人かでグループになって幼稚なゲームに興じている者たちもいたが、明らかに退屈しているのが見てとれた。ぼくたちは、穏やかで親切そうな顔つきをした霊たちが集まっているところに近づいていった。

「この人たちは、いわば形式的な事情でここにいるんです」案内の霊が説明してくれた。「天国に入る日は間近です。彼らは取るに足らない罪をいくつか犯しただけですから。待たせるほどでもありません」

ぼくたちが近づいていくと、その霊たちは地面に身体を横たえた。

そのうちのひとりが言った。

「じゃあ、エラスムス、君からはじめなよ……」

導き手の説明によると、この霊たちは毎日この時間に集合し、生前いちばんの冒険譚を披露し合っているということだった。その物語に耳を傾けるのは快く、そのために大天使が遠方からわざわざ足を運んでくることすらあるのだという。

エラスムスはよく響く声で話しはじめた。

「穏やかな海だった。帆船はカリブ海の島を目指して順調に航行していた。俺は舳先《へさき》のロープに腰を下ろし、きらきら光る波間で戯れるイルカの群れを眺めていた。そのときだった。突如セイレーン[14]の声が聞こえてきたんだ。慌てて耳を塞いだが、俺の目は、円《まる》い泡の中央に浮かぶその姿をしっかり捉えていた。波に洗われた胸が月光を受けてきらきら輝いていたよ。俺は錨の鎖を伝って下に降りていった。するとセイレーンは、子どもを抱きしめるみたいに、両腕でぎゅっと俺を抱きしめると、長い時間をかけて口づけしてきた。そして俺を抱きしめたまま、海中へ下りていった。海水は大気よりも澄んでいたよ。彼女は俺をサンゴの洞穴にそっと座らせると、〈海藻を取ってくるわ。それで私たちの寝床を作りましょう〉と言った。

青い夜が過ぎていった。ぴかぴか光るクラゲの行列がゆっくり流れていき、花に似た魚たちが俺らの住処を彩ってくれた。夜が明けると、貝たちは殻を閉じ、タコたちは岩に紛れ、クラゲたちは海底でぐにゃぐにゃに溶けていった。

〈ずっと私と一緒にいてね〉彼女はそう優しく囁き、真珠をたくさんプレゼントしてくれた。ずっと、だって？　恋に落ちたセイレーンの恐ろしい物語のことは知っていたから焦ったよ。日が落ちる前に、俺を岩礁に連れていってくれた。〈海綿でお洋服を作ってあげるわ。一緒に北の海に行きましょうね〉そう彼女が話す傍らで、俺の頭はいっぱいいっぱいになっていた。

その場所から砂浜までは数百メートルほどだった。そのとき、いいアイデアを思いついたんだ。〈ねえ、鬼ごっこをしようよ〉彼女は手を叩いて喜んでくれた。目隠しをされて、嬉しそうに笑っていたよ。

〈こっちだよ！〉俺は大声で言った。

〈どこかしら？〉

俺はゆっくりゆっくり海中に下りていき、その次の瞬間、岸まで全速力で泳ぎ出した」

ヴァッサリーという名の男が次の話し手だった。

14　上半身が女性で下半身が魚の姿をした怪物。航行中の船員に呼びかけ、美しい歌声で惑わせ、やがて食い尽くすとされる。

「まるで昨日のことのようだよ……ぼくはシドニーの小さな病院にいた。入院して一カ月が経ち、大部屋はぼくらふたりだけになっていた。かわいそうに、ボブのやつも死にかけていたんだ……ぼくはというと、もう数日来、退院して故郷に帰ることだってできた。でもぼくも病院で寝ていた。哀れなボブのささやかな慰みになればいいと思ってね。夜、珍しくボブが寝つけたときにだけ、起き出して、窓から顔を出してみた。目の前には鬱蒼とした森が広がり、その向こうからは賑やかな音が聞こえていたよ。ボブが動いたり目を覚ましたりすると、急いでベッドに戻って呻き声をあげた。〈ああ、苦しい、苦しい〉そんなぼくの声を聞くと、ボブは安心して再び眠りについたよ。

かわいそうに、ボブに残された時間はあとわずかだった。ボブがこっち向きになって、ぼくを見ているのに気づいた。ぼくの頰は薔薇色で、手も以前みたいにガリガリじゃない。ああ、ボブに気づかれたらどうしよう？　そのとき、いい考えが浮かんだんだ。大声で呻けばいい！　シスターのチェレステが駆けつけてくる。シスター・アンジェリカもやってくる。ぼくは腕を大きく振り回し、それからふいにぐったりさせる。で、目を閉じる。シスター・チェレステが仰天して、顔を近づけてきた。〈シスター、死んだふり、死んだふりですから〉事情を察したチェレステは、ぼくの胸に十字架を置くと、シスター・アンジェリカと並んでひざまずいた。そして、〈お亡くなりになりました〉と宣言した。シスターたちは祈りの言葉を唱えてから、忍び足で部屋を出ていった。身動きしないまま一時間、二時間が経った。いつの間にか眠ってしまっていた。しばらくして、シスター・チェレステが起こしてくれた。〈ジャックさん、もう大丈夫です。ボブさんはお亡くなりになりました〉ぼくは起き上がって着替え、荷物をまとめて、ボブの額に口づけをしてから、悲しみもなく病院をあとにした」

第13章

ぼくの関心を引いたのは、あるロンドンっ子が語った物語だった。

「馬車が動きだしたんだ。ぼくら四人はその後ろについて、風が吹きすさぶなか、水溜まりだらけの道を歩いていった。水溜まりを避けることもできたけれど、死者に付き添う立派な身なりの人間が左右にぴょこぴょこ飛び跳ねながら歩くのはあまりに滑稽だからやめておいたよ。墓地に到着した。亡きサッドの友人代表のぼくがまず最初に墓穴に土をひとつかみ投げ入れた。それから、ぼくらは押し黙ったまま墓地をあとにした。

〈路面電車《トラム》に乗ろう。ぼくがみんなの分の切符を買うから〉と提案した。

サッドの家に戻ったとき、服用のブラシを借りたいと思ったけれど、口には出さずにおいた。クラールおじさんは、半開きになったよろい戸から通りを眺めていたが、その肩が上下する様はまるでふいごのように見えた。サッドの妻は、客間の隅の暗くなったところでまだ幼い娘の隣に座り、すすり泣いていた。〈気を強くお持ちください〉と声をかけた。そしてしばらく口をつぐんでから言い添えた。〈何かお役に立てることがあれば、遠慮なさらないで……どうかお達者で〉

クラールおじさんは何も言わずにいた。ベッツィは激しくしゃくりあげた。サッド夫人はふっと息を吐いて立ち上がり、玄関まで送ってくれた。そして扉を開け、踊り場の様子を確認してから、泣きながらぼくの首に抱きついてきた。ぼくは〈じゃあ、金曜日に会おう。待っているよ……さあ、元気を出して〉と小声で告げた。そのあと、一瞬ためらってから言った。〈あのさ、服用ブラシ貸してくれない?〉」

次は、ブルッヘ出身のモネの物語だ。

「一二時の鐘が鳴って、目が覚めた。誰かいる！　その正体にピンときて、髪の毛が逆立ったよ。〈まさかぼくのところに?〉叔父は三日前から咳きこんでいたが、他は全員元気だった……それに叔父は六〇歳で、ぼくは三〇歳だった。〈叔父さんったら気の毒に〉なのに、死神が手をかけてきたのはぼくのほうだったんだ。ぼくはベッドから飛び出した。笑ってやがる。〈見ていてごらん〉そう言うと、やつは部屋じゅうをぐるぐる飛び回り、壁に姿を消したかと思うと、四方八方から一瞬にして再び姿を現してきた。〈ちょっくら中国まで行ってきたよ……〉

ぼくは観念して、おとなしくベッドに戻り、冷静に考えた。〈話せばわかってくれるかも……〉そしてぼくが口を開こうとしていると、通りで叫び声があがった。やつは静かにするようぼくに命じ、その声に耳を澄ました。

〈おい、急げ。一〇数えるから支度するんだ……一、二、三、四、五……〉

〈一〇〇〇まで待ってください〉とぼく。

〈……六、七、八、九、一〇……〉

何も見たくなくてぼくは目を閉じた。心臓がドクンと大きく打った。すると、なぜか笑いたい気分が込みあげてきた。そのときだった。ぼくは幽霊になっていた。屋敷前の小道をぐんぐん飛び抜けてゆく。周りに見えるものが何なのかはよくわからない。わかるのは、星と月だけ。こんなに身軽になったんだから、頑張れば手だって届くはず。突風に吹かれ、湖にやってきた。二羽の白鳥が銀色の水面にゆっくり弧を描いている。すると突然、雨露みたいに姿が消えていくのがわかった。上のほうに行こう。

もっともっと上へ。〈天国に行こう〉自然にそう思った。そのときだった。耳をつんざくような叫びが聞こえ、平安は打ち破られてしまった。

振り返ると、下のほうから死神が全速力で迫ってきていた。コバルトブルーの空に、やつのはためくマントが見事に映えていたよ。〈あなたはリッツさんじゃありませんね？ 人違いでした。あなたは一年後です〉

やつが不可解な動作をして手で空を切ると、その次の瞬間、ぼくは自分のベッドのなかにいた。

それからちょうど一年後、ぼくはやつが来るのを待っていた。夜一二時。ほら、やってきた。やつはぼくの体を揺らしたり触ったりしている。ぼくは微動だにせずにいた。目を大きく見開いて、息も止めて。あらかじめ顔に白粉をはたき、目のまわりは黒く染めておいた。

〈おやおや、もう死んでいるじゃないか〉そう言うと、死神は向かいの家へ飛び去っていった」

上品な笑い声がさざめいた。

マインツ出身の霊の話がはじまった。

「父はライン川沿いの小さな村で墓掘りの仕事をしていました。ぼくはというと、花に水をあげたり、ランプに明かりを灯したり、トカゲやモグラをこっそり土に埋めたりしていました。茂みに隠れた一角に、ぼくだけの小さな墓地をもっていたんです。十字架だってちゃんとあったんですよ。養分をたっぷり含んだ土をいっぱいに載せたスコップを軽々と操って本物のお墓を掘ることがぼくの夢でした。

一二歳になった頃、好きな子ができました。毎週日曜日に墓地にやってきていた女の子です。ある日、その子に〈夜、怖くないの?〉って訊かれて、洋ナシでも持っているかのように頭蓋骨を手に載せているところを見せてあげました。その子の両親の墓にはいつもいちばんきれいな花を供えてあげていたんですよ。父さんは文句を言っていましたけどね。カルロッタのおじいちゃんとおばあちゃんは一度も心づけをくれたことがないのにって。

死者の日[15]のことでした。墓地は霜が降りて真っ白になり、鉛色の空の下に並んだ糸杉は縁飾りみたいに見えました。カルロッタが一張羅を着て、手に毛皮のマフをつけてやってきました。カルロッタは、自分の家の墓にすでにたくさんの菊の花が供えられ、天使と金の装飾が施された新しいランプが置かれていることに気がつきました。

〈気に入った？〉

〈うん〉

〈ぼくが買ったんだ〉

ぼくたちが菊の花をきれいに並べていると、クルトさんの息子がそばで大声をあげました。〈あった！　あったよ！〉するとクルト夫人が、ぼくの父さんを従えて息せき切ってやってきました。〈これ、うちのやつじゃない！〉クルト夫人はそう言って、天使と金の装飾が施されたランプを手に取ると、憤怒の表情をぼくに向けて行ってしまいました。父さんはうなだれてそのあとについていきました。その場に残されたぼくは混乱し、火のついた薪みたいに顔を真っ赤にしてしまいました。そのとき、カルロッタが言ったんです。

〈ねえ、あなたの小さな墓地が見たいわ〉

ぼくたちは黙りこくったまま、手をつないで歩いていきました」

15　一一月二日。諸聖人の祭日の翌日にあたる。死者のために祈りを捧げる。

ぼくの記憶が正しければ、次の物語を披露したのはフランス出身の霊だった。

「親戚に混ざって頭を下げ、おなじみの祈禱の句を繰り返し唱えながら、馬車の後ろを歩いていきました。従兄が小さな声で〈もっと大きな声を出せ。言葉と言葉をきちんと区切って発音しろよな〉と言ってきました。みんなは伏し目がちにぼくのほうをちらちら見てきました。グラツィエッラだって、もし亡くなったフラゴナール氏の姪じゃなかったら、ぼくを見てきたでしょうね。目的地に到着し、やっとグラツィエッラがぼくのほうを見てくれました。驚いたような目でね。そのときでした、ぼくらが恋に落ちたのは。彼女のやや青白い顔色が、ハッと目に飛び込んできました。それはまるで、銀の縁取りが施された黒いヴェルヴェットの棺のカバーの上に置かれたカメオ彫りのようでした。棺には、彼女の華奢な手が添えられていました。一方、ぼくの顔は白く、髪は風で乱され、重々しい雰囲気を醸していました。いや、ぼくの古くからのお師匠さんのサラール先生だったら、厳格な雰囲気、とでも言うでしょうね。いちばん最初に泣きだしたのは太っちょのトラベットでした。ぼくは祈禱書の最後のページをできるだけゆっくり読みあげました。小雨が降りだし、たちまち墓石がつやつやに、空が真っ黒になりました。司祭がお祈りの最後の言葉を唱えるなか、人々はその場を去っていきました」

第14章

導きの霊とぼくはしぶしぶその場を離れた。残された時間はあとわずかとなっていたのだ。見るべきものはまだたくさんあったにもかかわらず……。

ときどき天使がやってきては、原っぱの中央の空中で静止し、純白の衣の下から丸められた羊皮紙を取り出して広げ、天国に招かれる霊の名を大声で読みあげた。誰もがヒナギクの花びらをむしりながら、息を潜めて自分の番をいまかいまかと待っていた。

天使が呼んだ。

「アントニア・トランネル」

「はい、わたしです」

「マルセル・リブモン」

「いや、あなたはマルセル・リブモンじゃありませんよね……」

「はい」

「いいえ、わたしです」

確認の結果、その霊がマルセル・リブモンではないことがわかった。

「あなたは五世紀余計に煉獄に留まるように」天使が声を荒らげた。

「なんだよ」その霊が不満を滲ませて言った。「だって、マルセル・リブモンはここに来てまだ数年しか経ってないだろ。こっちはもう九世紀もいるってのによ。どうせ、コネでもあるんだろう」

天使がつづけた。

「ビックス・ベナス」

「いません」

「ビックス・ベナスはまだ生きています」

「ここに名前が書かれていますが」

天使はビックス・ベナスの名前のそばに小さな印を書き込んだ。

「今日中に連れてきましょう」

名前を呼ばれた霊たちは、大勢の天使に護衛され、天国に向けて出発した。あちこちから挨拶の声があがった。

「さようなら、また会いましょう」

「まだあと一〇〇〇年もある」年配の霊がこぼした。

その顔は涙に濡れていた。

ぼくは、「大丈夫。きっとすぐですよ」と声をかけて慰めた。

「ありがとう」霊は涙を拭った。

そのとき、案内の霊が慌てた様子で言ってきた。

「あなたとはここでお別れしなければなりません。あの天国に出発する一団についていってください。わたしは戻らないといけませんので。きっとうまくいきますから、ご心配なく。また寝室にうかがいますね」

一団はすでに天国の扉に到着するところだった。ぼくは大慌てでそこに向かった。

門番の天使はちらりとぼくのほうを見やってから、やや怒った声で言った。

「そんな状態でいらっしゃるなんて、恥ずかしくないのですか？」

すっかり混乱したぼくは、頭をぺこりと下げた。さすがに善良で知られる天使のこと、ぼくを通してくれた。そして、緑色のよろい戸と小ぢんまり整えられた庭がついた白壁のかわいらしい自宅に招いてくれた。

第15章

ぼくは天国にいた。空気が最高においしい。そこではあらゆるものが気体でできているようだった。泉に映った自分の顔を見て、美男になっていることに気づいた。薔薇色の柔らかなシルクでできた新しいシャツを羽織ってから、天使の足元に身を投げて本当のことを打ち明けた。

「今回が最初で最後ですからね。まあ、そんなことだろうとは思っていましたけど」笑いを堪えながら言ってくれた。それからぼくらは一緒に出かけた。

ぼくたちの前を腕を組んだ四人組の霊が通り過ぎていった。四人は速やかに、嬉々として進んでいた。

「カイファ、ブルトン、ティック、ロップスです」導きの天使が教えてくれた。「あの人たちはいつも一緒なんですよ。カイファは天使たちのお気に入りでね。かつては失恋が原因で、山にこもっていたんです。本当のことを言うと、子どもの頃から〈大きくなったら山賊になるんだ〉と言ってはいたんですけどね。カイファは故郷の村を出て、森に入り、木のうろを根城にしていました。警備隊に遭遇すると、恥ずかしくなって頬を真っ赤に染めたものですよ。そんなある晩、カイファは人っ子ひとりいない森の小道に医者がいるのを見つけました。医者を呼び止めて、〈金を出せ！　さもないと命はないぞ〉と脅しました。医者はうんざりした表情で〈知り合いでもないのに一体何なんですか？〉と言ってきたんです。カイファは〈ふざけているんじゃない〉と凄んだんですが、医者は肩をすくめ、〈これだから田舎者は困る〉とぶつぶつ言いながら去っていきました。

　カイファは、こんなにみっともない思いをするくらいなら消えてなくなりたいと思いました。痛む胸を抱え、夜闇のなかをとぼとぼ歩いていきました。

　目ぼしい成果を挙げられないまま三年が過ぎ、カイファは村に戻ることにしました。そして村長の伝手《つて》で、村の銀行で働くことになりました。それで良心が試されることになり、打ちのめされてしまったんです。実際、近くの村に大金を運搬する仕事を任されたその日に、心臓麻痺を起こして亡くなってしまいました」

「では、ブルトンは？」好奇心いっぱいに尋ねた。

「ブルトンですか？　ブルトンは、ニューヨークでいちばん高齢の銀行員でした。日々夜逃げする銀行員があとを絶たなかった時代のことです。ブルトンは、郊外の小さな銀行に勤めながら年を重ねつつ、〈いったいみんなどこに行っているんだろう〉と首を傾げていました。ある晩、いつもの散歩コースから少し足を延ばして駅まで行ってみると、大勢が町を去っているところでした。そのなかには彼と同じ銀行員もいるはずでした。ブルトンは新聞に書かれている夢物語みたいなあれこれは本当のことなのだろうかと考えながら家路につきました。その翌日、ブルトンは震える手で所長宛てにこう書き置きをしました。〈わたしもここを去ります。お世話になりました。ブルトンより〉所長がただちに預金の確認をしたところ、一セントも消えていないことがわかりました。

ロップスは大家族の父親でした。毎週日曜日、ロップス一家は映画を観に行くかわりに、居間の古時計の前に全員並んで座り、時間が過ぎるのを眺めて楽しんでいました。

ティックはというと、長いこと頭を抱えていました。石にも魂はあるのか？　という問いに苛《さいな》まれていたんです。ティックは人間に対するのと同じ愛情を物にも注いでいました。とくにジョヴァンニと名づけた妻の歯ブラシに対しては、格別の愛着をもっていましてね。ティックはジョヴァンニが日ごとに傷んでいくのを見て胸を痛めていたんです。そしてある朝、家にひとりでいたときについに心を決めました。ジョヴァンニを手に取り、窓を大きく開け放って言いました。〈それ、行けっ！〉ジョヴァンニは大きく跳ねあがると、さほど離れていない茂みの上に着地しました」

ぼくらは霊たちがすし詰め状態になっている場所にやってきた。そこで驚くべき光景を目の当たりにした。三メートルくらいの高さに浮かんだ白い雲の上に、緋色の服を着た人物が堂々と鎮座していたのだ。霊たちはその人物に向かってもろ手を挙げ、口々に叫んでいた。

〈チェーザレさま、万歳！　チェーザレさま、万歳！〉

〈ジュリオ・チェーザレ[16]ですか？〉天使に尋ねた。

〈違います。チェーザレ・カダブラです〉

あ、本当だ！　ぼくはその人物が大食漢の環道で会ったあの語り部であることに気がついた。やっぱり天使たちはカダブラを天国に連れてきていたってわけだ。そのとき突風が雲を吹き飛ばし、カダブラが尻もちをついた。すぐに数名の天使が駆けつけた。

〈大丈夫、大丈夫。何ともない〉カダブラが言った。〈それより、皆さんにお聞かせしたいお話があります〉

ひとりの天使がボタンを押すと、台座が火球さながらに宙を切って飛んできた。我らが英雄がその上にのぼると大きな拍手が霊たちの集団から湧き起こった。ちょうどそのとき上空を通過中だった三人の天使は、その拍手が自分たちに向けられていると思い込み、鮮やかなアクロバット飛行をひとしきり披露してから、天高く姿を消していった。

チェーザレ・カダブラが口を開いた。

「ある晩、布団のなかにいるときにすばらしいアイデアを思いつきました。〈故郷の平野に霧が降りるように、眠気がぼくのうえにそっと下りてくる瞬間を捕まえてやろう。覚醒時から睡眠時へ推移する一瞬、決定的な一〇〇万分の一秒を捕まえてやろう〉って。そして待つこと一五分。ぼんやりした心地よさが全身に広がっていきました。それはまず足の爪先からはじまり、生ぬるい水がゆっくり流れるかのように上へ上へとのぼっていき、ついに頭部にまで達しました。興奮に打ち震えつつ〈いまだ！〉そう思ったんですが、失敗でした。川の水は、正体不明の風に吹かれたかのように川床へ戻っていってしまいました。時間が早く経過するよう、五〇〇〇まで数え、さらに、はるか昔の子ども時代に覚えた詩を朗唱してみました。夜明けが一筋の光を伴ってやってきました。奇妙なことに徹夜の辛さはなく、体調は良好どころか絶好調。ならば、きっとできるはず！　ただ、眠くて眠くてたまりませんでした。夜じゅう気を張っていたわけですから、当然ですよね。八時に、使用人が扉をノックしてきましたが、訳のわからないことをぶつぶつ言って追い返しました。九時にはもうへとへとになっていました。するとその瞬間（一瞬の隙だったことを認めます）、頭のなかが真っ白になり、眠りに落ちてしまいました」

16　共和政ローマ末期に活躍した政治家ユリウス・カエサル（紀元前一〇〇―紀元前四四）のイタリア語名。文筆家としても名高い。

語り手に対し、心のこもった喝采が送られた。

あたり一面に笑いが響きわたっていた。すると、智天使たちが数十人ほど集まってきて歓喜の輪に加わった。智天使とは、天国内のあちらこちらに漂っている頭部のみの天使で、その首元にはかわいらしい小さな翼が生え、黒色か空色の瞳と薔薇色の頰、ふさふさの巻き毛をもっていた。

「わたしたちにも楽しいお話を聴かせていただきたいです」と口々に言った。

しばらく懇願されたあとで、カダブラが言った。

「いいでしょう、智天使のみんな、きみたちにはうちの子が大好きだったお話をしてあげようね」

智天使たちは語り手のまわりに放射状に陣取った。頭のあたりに陽光をまとった語り手の姿は正真正銘の天上人のように見えた。智天使のひとりを膝に抱きかかえると、その髪を軽く撫でながら話しはじめた。

「昔々あるところに病気の男の子がいました。その男の子にはお父さんもお母さんもいなかったので、男の子は親戚の一家のところで暮らしていました。ですが、その親戚はものすごく意地悪でした。たくさんの借金のせいで意地が悪くなってしまったのです。実際に、その親戚の家には朝から晩まで借金取りがやってきては扉をドンドン叩いていました。ある日のこと、フィルズさんが家賃を取りにやってきました。親戚は〈明日にしてください〉とお願いしました。ところがその翌日、一枚のコインすら見つけられないまま、ドキドキしながらフィルズさんの訪問を待つことになりました。親戚の一家は時間稼ぎをするのにいったいどうしたと思う？　親戚たちは男の子をベッドに寝かせたんです。そして、〈絶対に動くなよ〉と睨みつけて言い聞かせました。男の子の腕を組ませ、窓をきっちり閉め、ベッドの脇には蠟燭を二本立てて準備しました。男の子は怖くなって泣きだしてしまいました。そのとき、誰かが大きな声で言いました。〈やってきたわ……！〉それでも男の子が泣きやまなかったので、親戚の一家は男の子の口を手で押さえたり、げんこつを食らわせたりしました。フィルズさんがやってくると、扉を半開きにして、男の子を見せてやりました。〈それどころじゃないんですよ。フィルズさん、ご理解ください〉フィルズさんは帰っていきました。しかし、フィルズさんが階段を下りると、上のほうからみんなの笑う声が聞こえてきました。グルンツ一家のことをよく知っていたフィルズさんは、騙されたことに気づき、かんかんになって戻りました。フィルズさんを見て、家の人はみんなうろたえました。

フィルズさんはベッドのほうに歩いていきました。でも、男の子は少しも動きませんでした。そして、男の子が本当に死んでいることがわかると、フィルズさんは顔を伏せたまま急いで家を出ていきました。グルンツさんたちも男の子が死んだことに気がついて、しんと黙り込みました。親戚のおばさんが言いました。〈少しお花が必要ね〉」

智天使たちは感激して、語り手に感謝の言葉を言い、全員がひとりずつカダブラのおでこにキスをした。それから、一団は北西の方向に姿を消した。智天使たちの翼の音はぼくたちの耳をいつまでも優しく撫でていた。

第16章

　案内役の天使とぼくが道を歩いていると、天国の住人のひとりが声をあげた。

「カダブラを倒す！」一同が驚くなか、その声がつづけた。「やつに挑戦して、懲らしめてやる……挑戦だ！」

　この雄叫びに対し、たくさんの抗議の口笛が鳴り響いた。その場を治めていることが明らかに見てとれる天使が、周囲に静粛を命じ、こうつづけた。

「では、この人の話も聞かせてもらいましょう。さあ、これが本当のお話の対決ですよ。選手はそれぞれ二つの物語を披露し、最後にわたしたち全員で審判を下します」

「わあい、わあい」聴衆が叫んだ。

「もちろん、お受けしますよ」カダブラが不満を露わにしながら言った。「ただ、どうして妬み深い魂が天国にいるかは理解できませんがね」

「静かに！」件《くだん》の天使が言った。「では、こうします。先攻がテッド・マック・ナマーラ、後攻がカダブラです」

「で、わたしは三番目ですか？」どこからかひょっこり顔を出した、他の連中に比べてひときわ透き通った霊が顔を赤らめながら言った。

「どなたですか？　お名前は？」

問われた霊は顔を上げ、もじもじしながら答えた。

「以前は勤め人だったんですが……」

天使が語気を強めた。

「で、お名前は？」

すると、その霊は、なんとも変てこな名を告げた。

「わたしはかつては勤め人で、デグの町役場で働いていました。いくつか書いたものがあって……こっそり執筆をしていたものですから。生前は誰かに読み聞かせる勇気が持てずにいましたが、天国では皆さんとても善い方ばかりですから、その勇気が湧いてきたというわけです」

「では、三番目にお願いします」天使が言った。

「ありがとうございます」男はそう言うと、背筋をぴんと伸ばして隅に腰かけた。

マック・ナマーラが、これ以上ないほどの静寂のなかで話しはじめた。

「〈モデルをやってくれませんか？　一時間一〇リラで〉

腹がペコペコだった。靴磨きだってやってやったさ。だから、おとなしくそいつについていった。

そいつは芸術家だった。そのことは一目瞭然だった。あの小さなカフェでそいつと出会わせてくれた天の神様に感謝したよ。

部屋は建物の五階にあった。

そいつはテーブルにつくと、ペンを手に取った。やつの目の前には白い紙がたくさん積み重ねられていた。

〈動いていいですよ。自由になさってください〉

おれはぎこちなく部屋の中を歩きまわった。そいつはおれを見て、ペン先をインクに浸し、視線をテーブルに落とした。

〈ストップ！〉突然、そいつが大声で言った。

紙に何やら書きつけているようだった。

〈座って〉そう、命じてきた。〈で、鼻に皺《しわ》を寄せて〉

言われた通りにしてやったよ。

〈口笛を吹いて〉

言われた通りにしたが、並大抵のことじゃなかった。誰だって、鼻に皺を寄せながら口笛を吹くことがいかに難しいかはわかるよな。

『ゴンボス』のアリア[17]を吹いてやったよ。

そんなおれに対し、そいつは、画家や彫刻家がするように上から下までじっくり食い入るように見つめてきては、眉間に皺を寄せてせっせと手を動かしていた。

〈歩いてください。で、そこで曲がって……〉

そいつの椅子の後ろを通ったときに、あることに気づいて仰天した。紙には絵なんてこれっぽっちも描かれていなかったんだ。書かれていたのは少しばかりの言葉だけだった。こうだ。〈エリザベッタはウールのぼろきれで靴を拭った……〉

所定の時間が過ぎ、帰宅することになった。

〈明日また来てください〉

そいつの家に戻ることは二度となかったよ。

それからしばらく経った頃、おれは偶然そいつが著名な小説家であることを知った。モデルなしには執筆できないんだそうだ。やつの最高傑作は、二分おきに〈イオスマ〉[18]と口ずさむ爺さんを前にして書かれたらしい。

ああ、芸術ってやつは奥が深すぎる」

大きな喝采が起こった。その場を治める天使の存在だけが、天の聴衆の歓喜のほとばしりがとめどなく流れゆくのをようやく押しとどめていた。

マック・ナマーラは大胆不敵な態度で二話目を語りはじめた。

「塹壕のなかでコサック兵たちは突撃の号令を待っていた。一〇時になり、イリエフ中尉が叫んだ。〈射撃準備！〉その一分後、ドン川が育んだ図体の大きな息子たちは雄叫びをあげながら敵軍に向かって突撃を開始した。あたりには砲撃が鳴り、一斉射

17　ザヴァッティーニの創作による曲。アリアは独唱曲のこと。
18　ザヴァッティーニの創作によるナンセンスな言葉。

撃のおぞましい音が絶え間なく響いた。

〈みんな、行くぞ!〉ウォシロフ少佐が大声で言った。そのとき、日本軍の塹壕から兵士たちがバッタみたいに飛び出してきた。いよいよ衝突かと思われたそのときだった。小隊の先頭を突っ走っていたイリエフ中尉が何かにつまずき、転倒したのだ。中尉はただちに立ち上がったものの、その顔はすっかり青ざめていた。北の平原が生んだ子どもたちはまるで全員でひとりの人間かのように一斉に動きを止めると、上官を取り囲んだ。

〈平気だ、何ともない〉イリエフはそう言ってはにかんだ。

その数歩先では、敵軍もまったく同じように動きを止めていた。そのうちのひとりが明らかにうろたえた様子で尋ねてきた。

〈あ、お怪我されました?〉

いや、平気です、と中尉が答えた。

その直後、戦闘が再開され、砲撃の大音響があたり一面に鳴り響いた」

その才能への称賛と歓喜の場面がマック・ナマーラを囲んで展開したが、その様は凄まじく、言語を絶するほどだった。

その反響があまりにも大きかったため、天上の競技規定に反するにもかかわらず、マック・ナマーラは三つめの物語を語ることになった。それは次のようなものだった。

「これはおれが小さかった頃の話だ。おれはゲッティンゲン[19]に住んでいた。一八七〇年の一二月のことだった。父さんとおれはアカデミーに到着した。マウスト院長が数学世界大会の参加者の出欠を取りはじめたところだった。父さんは、家族ぐるみで親しくしているカッテン夫人におれを預けると、すぐに参加者の列に並びに行った。守衛のポンボが撃つ大砲がこの歴史的な大会の開始の合図とのことだった。それから、カッテン夫人は、ポンボの仕事について、みんなが知らないとっておきの秘密を教えてくれた。ポンボは、三〇年来、時刻を知らせるため正午きっかりに大砲を鳴らしている。だけど一度だけ、鳴らし忘れたことがあったという。だからその翌日、前日の大砲を撃ち、一八七〇年のその金曜日までずっと前日の大砲を撃ちつづけていたんだそうだ。ポンボが前日の大砲を撃っていることに気づいている者は誰ひとりいなかった。

19　ドイツ中部に位置する大学都市。

注意事項の確認が済み、オットーネ皇太子と著名な知識人の面々が臨席するなかで競技が開始された。

一、二、三、四、五……会場に競技参加者の声だけが響きわたった。

一七時頃、数はすでに二万台に達していた。観客たちはこの威厳ある大会に夢中になり、あれこれの見解を並べ立てていた。一九時になり、ソルボンヌ大学のアランがへなへなと倒れこんだ。

二〇時、残るは七人のみとなった。

三万六七四七、三万六七四八、三万六七四九、三万六七五〇……。

二一時、ポンボが明かりを点けた。それをいいことに、観客たちは家から持ち込んだ弁当を食べはじめた。

四万七一九、四万七二〇、四万七二一……。

おれは父さんのことを見ていた。汗でぐっしょり濡れていたが、しっかり踏ん張っていた。カッテン夫人はおれの髪を撫でながら、〈お父さん、立派ねえ〉とリフレインのように何度も繰り返し言ってきた。おれは空腹すら感じずにいた。二二時きっかりに、最初の事件が起こった。代数学者のプルがこう叫んだ。

〈一〇億〉

〈おお！〉この思いがけない攻撃に驚愕の声があがった。その場にいた全員が息を呑んだよ。

間髪を容《い》れず、イタリア人のビナッキが反撃に出た。

〈一〇億かける一〇億かける一〇億〉会場に拍手が湧き起こり、院長が静粛を求めた。するとと父さんが、優越感をあらわに周囲を見渡し、カッテン夫人ににっこり微笑みかけ、叫んだ。

〈一〇億かける一〇億かける一〇億かける一〇億かける一〇億かける一〇億かける一〇億かける一〇億かける一〇億かける一〇億かける一〇億かける一〇億かける一〇億かける一〇億かける一〇億かける一〇億……〉

客席は興奮状態に陥った。〈すごい！　すごいぞ！〉

カッテン夫人とおれはがっちり抱き合い、感激の涙を流していた。

〈……かける一〇億かける一〇億かける一〇億かける一〇億かける一〇億かける一〇億〉

マウスト院長は、顔を真っ青にして父さんの上着の裾を引っ張り、〈もういいですから、おやめください。お身体に障りますから〉と言っていた。それでも父さんは傲然としてつづけた。

〈……かける一〇億かける一〇億かける一〇億かける一〇億〉

父さんの声は徐々に力を失い、最後の〈かける一〇億〉がため息のように父さんの口からかすかに洩れた。父さんは椅子にがくっと倒れ込んだ。観客たちは総立ちになり熱狂して父さんに拍手喝采した。オットーネ皇太子が父さんに歩み寄り、その胸にメダルを留めようとしていたそのとき、ジャンニ・ビナッキが叫んだ。

〈たすー！〉

観客一同がジャンニ・ビナッキのもとに殺到し、その勝利を称えた。おれたちが家に帰ると、母さんが心配そうな顔で戸口に立っていた。雨が降っていたな。父さんは、馬車から降りるなり、母さんの胸に飛び込み、泣きじゃくりながら言った。〈〝たす二〟って言えば勝てたのに〉」

第17章

ようやく我らがカダブラの番が巡ってきた。

カダブラが語りはじめた。

「今日は復活祭！　今朝は太陽も時間通りに、いや、ちょっぴり早めに顔を出します。この日ばかりはぼくもいい人になったような、いつもよりいい人になった気分。今日は誰もがちょっとだけ天使になります。こんなに軽やかな気分なら、空だって飛べそう。ぼくは鼻歌を歌いながら家を出ました。みんなに優しくしたくて、あっちにもこっちにも挨拶をふりまきます。何かいいことがしたいなあ。でも、それは無理な話。だって、誰もがひそかに同じことを思っていますからね。そのことはみんなの光り輝く顔を見ればわかります。おっと、あれは……アントニオさん。ぼくがお世話になっている仕立て屋さんです。ぼくは電光石火の速さで回れ右をして、いちばん近くにある家の門の後ろに隠れました。

自動車は人が歩くスピードで走り、列車は踏切で一旦停止。罐焚《かまた》きが降りて、左右確認。人影がまったくなければ、運行再開。

泥棒だって、今日は家にいて子どもたちのために卵に絵を描きます。

めんどりたちは誇らしさに胸を張って麦打ち場の地面を引っ掻いています。だって、今日はめんどりたちのお祝いの日でもありますからね。それなのに、農家の奥さんときたら、日がまだ沈んでいないうちから早々と鶏小屋に鍵をかけてしまいます。〈乱暴だわねえ〉と、めんどりたち。〈今日くらいいつもより長く外に出しておいてくれたっていいのにねえ〉卵を抱えためんどりが言うには、〈子どもたちったら、中にお楽しみが入ったびっくり卵のほうが好きなのねえ……〉そして、そのびっくり卵を頭に思い描きながら眠りにつきます。いつの日か、そのびっくり卵とやらを自分たちが産める日は来るのかしら。そして夢をみます。子どもが胸を弾ませて卵の白い殻を割る夢。中に入っていたのは？　詩を暗唱するヒヨコ！　子どもは手を叩いて大喜び。めんどりたちは母心に目を潤ませるのでした」

聴衆のあいだに好意的とは言い難いざわめきが走った。

カダブラは、声のトーンを落として二話目を語りはじめた。

「父さんと母さんも怖がっていたよ。アヴェ・マリアの祈り[20]を唱えてから、扉を閉め、誰も中に入れないようにした。父さんが地下の貯蔵庫に下りるときには、〈明かりを頼む〉と素っ気なく言われたものさ。まだ幼かった俺はそれがどんな助けになるのかわからずにいた。俺たちは全員、同じ部屋で眠った。壁にかけたマドンナ[21]の絵の前では、蠟燭の火を絶やすことはなかった。完全に真っ暗にしてしまわないための方策さ。他の部屋から物音がしたときには、実際にはそよともしていなくても〈風だ〉とこそこそ言い合ったよ。それか、布団のなかで身体を丸めて眠ったふりをしたものさ。

一年前からひとり暮らしをしている。下の階で、壁に映る影を見つめたり物音に耳を澄ましたりして夜を過ごすんだ。空が白み、道行く人の足音が聞こえだしたら、その途端に眠りにつく。日に日にやつれ、気分も落ち込んでいっているよ。いずれは結婚するつもりだ。お相手は大柄で肝が据わった女性がいい。幽霊を蹴散らし、泥棒の

20　聖母マリアに捧げる祈禱。
21　聖母マリアのこと。

頬をぴしゃりと叩いてくれるような女性だ。ベッドの彼女が寝るところに、こっそりパン屑を撒いておくんだ。妻がのんびり寝ていられないようにね。そんな彼女の隣で、明かりを消して、ぐっすり眠るつもりだ」

我らが英雄を圧倒的な静寂が包んだ。天国におけるカダブラの名声は、マック・ナマーラが姿を現したことで凋落を運命づけられたのだった。

カダブラは自分で自分の頭をポカポカ小突きながらその場をあとにした。ひとりの天使が、慰めるためにすぐにそのあとを追った。

第18章

その場を治める天使は、誰かに衣の裾《すそ》を引っ張られていることに気づいた。

「あのう、わたしは?」

デグの町役場の元職員だった。天使はこの男を台座に上げると、偏見なく耳を傾けるよう天上の聴衆に告げた。

男は少し黄ばんだ大きな紙を広げた。そこには彼自身のことがいろいろ書かれていた。男は、恥ずかしさのために小さく萎《しぼ》んでしまった声で話しだした。

「墓地にはまだ墓が建てられていない一角がある。そこにぼくの墓を建てるつもりだ。ぼくはその土地を買い、所有者が誰かわかるよう、ぼくの名前、つまりマック・ケンネル・ディ・ノローナと書かれた板を差し込んだ。ときどき足で土くれを動かしてみる。すると、桃色のミミズがにょろりと顔を出す。ぼくの墓は金属製にするつもりだから、ミミズが這って、そこに銀色の筋をつけることになるんだろうな。墓の世話に忙しい大人たちを尻目に、子どもたちがわいわいやってきて草を踏み荒らす。ぼくはそんな子どもたちを見ても何も言わない。そうだ、背の高い大理石の壁を立てるか、それか、ディックにお願いしておこう。天気のいい昼下がりにここに来て、やつの好きな変てこな本でも読んでいてもらえばいい。ディックなら、糸杉でかくれんぼをして遊ぶあのガキどもを杖で追い払ってくれるだろうからね。ああ、ぼくが死なずにいられたらなあ。そうしたら、自分で自分の墓の管理ができるのに。墓をいつもピカピカに磨いて、蠟燭をたくさん灯して、死者の日には亡きマック・ケンネル・ディ・ノローナのことを思って心からの涙を流してやるのにな」

男は物語の余韻を味わう心の余裕なく、即座に二話目にとりかかった。

「ここ数日、病で床に臥せっている。だが、苦しくはない。血がやや熱を帯び、瞳に光が宿っている以外はほぼ何ともないと言える。いちばん上等の寝間着を着る。明かりはいつも通り抑えめにして、背には白くて柔らかいクッションをたくさん置く。髪は丁寧に撫でつけておいた。手は青白く、眼差しは穏やかだ。いまのこの姿を誰かが描いてくれたらいいのに。午後、友人が二人お見舞いに来てくれる。帰り際に階段で足を止め、何やらひそひそ話をしているようだ。

夜ひとりぼっちのときに考える。死ぬのだろうか？　その場合、徐々に死ぬのか？　それともひと息に死ぬのか？　周囲を見回してみる。部屋はまずまず片付いている。おっと、ぼろぼろの靴を見えるところに置きっぱなしにしたままだった。ふうふう言いながらベッドを下り、古びた上着と一緒にクローゼットの中にしまいこむ。扉にはすり切れた名刺が掲げてある。新しい名刺に差し替え、名前の下にペンで〈人気作家〉と書き足す。疲れてくたくただ。そろそろ寝ようか。が、髪の分け目を崩すわけにはいかない。たぶん二階に住む女の子たちも見に来てくれるだろうから。そこでもう一度ベッドから下りて、櫛を持ってきて枕の下に差し込む。ささっと手直しする時間くらいあるだろう……」

妙な名の男は顔を上げるともなく上げ、自分の他に誰もいなくなっていることに気づいた。この男のそのときの心境を想像するのは容易ではない。男は長いあいだ佇み、もの思いに沈んでいた。それから台を下りると、ゆっくりとした足取りで公園へ向かっていった。そして公園に到着すると、ベンチに腰を下ろし、石ころをじっと見つめた。

第19章

美しい道、穏やかな空間。なんて平和なんだろう。周囲をぐるりと糸杉に囲まれた湖の岸に、のどかに釣りに興じる天国の住人の姿があった。パイプを咥《くわ》え、天上の笑みを湛え、その両手はポケットに突っ込まれていた。ときどき魚が水面から飛び跳ね、空中で数度身をひねってから、男の脇に置かれた籠の中に落下していった。

二〇メートルほど先では、一組の夫婦が柔らかな草の上でピクニックをしていた。春の日差しがその光景を黄金色に染めあげていた。

「太陽の光で目がチカチカする」釣り人が言った。

「私たちは気持ちがいいわ」と夫婦の妻のほうが言った。

我が道連れの天使が歩み出て、命令の言葉を発し、湖の位置を少し向こうにずらした。こうして両者ともが満足した。

そのとき、子どもたちの賑やかな声が届いてきた。公園の木々のあいだから、追いかけっこに興じる子どもの霊の一団が見えた。ぼくはそっちのほうに近づいていった。兵隊ごっこをして遊ぶ子たちや輪っかで遊ぶ子、鬼ごっこをして遊ぶ子たちもいた。その様子を母親たちがにこにこ見守っていた。

しかし隅には、他の子たちから離れて寂しそうに佇《たたず》む子が二人いた。
「あの子たちの母親は地獄にいるのです」天使が教えてくれた。

母親！　全き善だと人は言うが、果たして本当にそうだろうか。ぼくにとって母は世界でいちばん謎めいた女性だ。第一、いったいいつ眠っているんだろう？　真夜中過ぎに帰宅すると、たんすの引き出しの中を何やら探っている母親の姿がある。明け方目を覚ますと、それがたとえ日の出前であっても、音をたてないよう部屋を歩きまわる足音か、弟と小声で話す母親の声が聞こえる。母親と弟はいつだって他の家族には内緒のことをひそひそ話し合っているのだ。

魔法だってお手のもの。たとえば、旅行鞄を準備するときのこと。「セーターは入れた、ハンカチも入れた、シャツも入れた……」セーターとハンカチとシャツがちゃんと入っているのをよく確認して鞄を閉める。さて、目的地に到着して鞄を開けると、そこにあるのは、セーター、ハンカチ、シャツ……それから、大きなドーナツ！　いったいいつの間に？　このような謎めいた出来事が何度も繰り返されるのだから不思議でしかたがない。

日中は、何時間も靴下の山に埋もれている。靴下にそんなにたくさん穴を開けているのはいったい誰？　なあんてね！　犯人は母親だ。午後じゅう窓辺で過ごせるよう、自分で穴をこしらえているのだ。

これだけじゃない。ある晩、兄のフレッドの家に行く。フレッドは復活祭の日みたいにご機嫌だ。「ケルンで仕事の口が見つかったんだ」すると、父が言う。「じゃあ、ボルドーワインでお祝いだ」肝心の母はというと隅のほうで何やらもじもじ。その目は涙に濡れているようだ。焼きもちだろうか？

では、父親はどうだろう……？　公園で知り合ったある青年があるときこっそり話してくれた。

「うちの父さんはよくイライラして家に帰ってくるんだ。そんなときには家の中が静まり返る。死人でも出たみたいにね。父さんはというと、皇帝みたいにソファに寝そべる。そんなときに誰かが何かしゃべろうものなら大惨事だよ。よその大人の男の人たちの前で父さんがどう振る舞うのか見てみたいよ。こんな横柄な態度を取るわけにはいかないだろうからね」

子どもたちは大変だ。朝は早く起き、夜はさっさとベッドに追いやられる。だらだらする余裕もなく、始終あれこれ言いつけをこなさないといけない。朝や晩に唱えるべきお祈りの言葉は山とある。アメリカにいる遠い親戚のおじさんの分までお祈りするのだから。もしその一家が天国に行けたとしたら、それは子どもたちのおかげだ。両親はというとせいぜい十字を切るくらいなのだから。

「アントニオおじさんのためにもアヴェ・マリアの守護のお祈りを唱えてね」と母親。アントニオおじさんはただの知り合いだ。

子どもたちはいつだってお父さんのことが大好きだ。たとえ父親がとんだ悪党であっても構わない。子どもたちが、自分の父親が誰かと喧嘩しているのを目の当たりにしたらどうする？　わっと泣きだすだろう。では、父親が自分の子が誰かと言い争いをしているのを見たとしたら？　泣かないのはもちろん、息子の頭をぴしゃりと打つのではないだろうか。

子どもたちが学校で優秀な成績を修めると、学校の先生は両親を褒める。コルネリア[22]は、その二人の息子の優秀さゆえに歴史に名を残した。もしこの兄弟がならず者だったとしたら、息子たちの名前だけが歴史に刻まれていただろうね。

両親が出かける。子どもたちはお留守番だ。「ちゃんと寝てなさいね。チョコレートをあげるから」そうやってご機嫌をとるが、チョコレートを食べたところで、子どもたちの胸の内は変わらない。

両親が出かけたあとも布団のなかの子どもたちの心配は尽きない。「お父さんとお母さんが事故に遭ってしまったらどうしよう。悪い人に襲われたらどうしよう」そうしてときどき耳を澄ます。両親が帰宅すると、疲れきった子どもたちはホッと眠りに落ちる。お父さんとお母さんのことをどれだけ心配し、どれほど眠れない時間を過ごしたことだろうか。

家に誰かを招くときには、子どもたちはさっさとベッドに追いやられる。しかしピ

22　共和政ローマ期に優れた改革を推進した政治家グラックス兄弟の母親。

アノを弾く音や女の人の歌声や楽しそうな音が聞こえてくるなかで眠れるはずがない。ゆっくりベッドから起き出し、扉に耳をくっつける。冷たい床に足裏をじかにつけたままいつまでもうっとり聞き惚れる。

両親が喧嘩しているとき、子どもたちにはどっちが悪いかわかっている。それでも、火に油を注がないよう、口出しせず黙ったままでいる。

まだお乳を飲んでいるような小さな赤ちゃんが亡くなると、人々は「これでよかったのよ。生きていると苦しいことばかりなんだもの」と口々に言い合う。それなのに数カ月も経てばまた新しい赤ちゃんを作るのだ。

ぼくにも子どもがいる。かわいくてとてもいい子だ。おまけに頭もいい。ぼくたち二人だけのときに、新聞を見せて「この記事はお父さんが書いたんだよ」と教えてあげる。すると目をきらきら輝かせてぼくの顔を見てくる。

でもこの子もいずれ大きくなる。背が高くなって横に太り、口の周りや顎にヒゲを生やす。そのことを思うと、まだこの子が小さいうちに死んでしまいたい気分になる。そうしたら、日曜ごとにお母さんとお墓参りに来てくれるだろう。お母さんは黒い服、自分は水兵服を着て、手には花を持って。そして、母親が蠟燭に火を灯している横で、きれいに整備された小道を駆けまわるのだ。

天国のその場所は、子どもたちが転んでも怪我しないようびっしり草が生えた一画を除いては、一面金色だった。子どもたちは思い切り遊びまわっている。駆けっこは全員が一番になれるよう工夫されていた。だから、全員がにこにこ顔で、意地悪な気持ちは生まれようがなかった。

戦いごっこをしている子どもたちもいた。子どもに変装した天使たちはわざと負けてあげ、子どもたちを喜ばせていた。

導きの天使は、地獄では子どもたちは泣くかわめくかなのだと教えてくれた。地獄でも子どもたちは駆けっこをするが、全員がビリになり、がっかりして怒るのだという。天使が姿を消して子どもたちに近づき、強くつねることもある。つねられた子はびっくりして振り返り、後ろにいる子どもの仕業と考える。そうすると当然、取っ組み合いの喧嘩がはじまる。

大きなゴムボールが飛んできて、葉が生い茂るオークの木陰に寝そべって挿絵入りの本のページをめくっていた霊の鼻に命中した。その天国の住人は急いで立ち上がり、「こんな子たちがいたら、天国であってもちっともゆっくりできませんよ」と言うと、憤慨して去っていった。

第20章

天使とぼくは友人同士のように寄り添って歩いた。ぼくの魂は幸福感に満たされ、何か言いたいような、何かを語りたいような気分だった。

「子どもの頃、ぼくのことを放って大人が居間に集まって話をしているときには、壺や椅子を床に叩きつけて、走って逃げたものです。そして、扉に耳をくっつけてみんなの反応を楽しんでいたんですよ。徴兵されたときには、点呼で自分の名前が呼ばれると胸が温かくなりました。仲間の後ろに隠れてわざと返事をせずにいて、軍曹に何度も何度も名前を呼んでもらったものです。いまのぼくには小さな白い家があり、愛情深い妻と素直でかわいい息子がいます。夕食後、みんなで柔らかなソファに腰を沈め、一時間か二時間、眠たくなるまで、ぼくのことについてたくさん話をするんです」

案内者はぼくに温かな笑顔を向けてくれた。ぼくはあれこれ見ては「わあ、すごいなあ」と繰り返した。相手への遠慮さえなければ、駆けだしたり、天使の首に抱きついたりもしたかった。

小高い丘を通り過ぎ、大きな川の手前で立ち止まった。背の高いポプラの木が影を落とす土手のあいだを水が流れていた。ときどき土が少し崩れ落ち、水のたてるコポコポという音がかすかに聞こえてきた。

そのときだった。突然、聞いたことのある声が静寂を切り裂いた。

「チェーザレ！」

「父さん！」ぼくは叫んだ。だけどそのとき、天使が何やら手振りをすると、これまでの記憶が消えてしまった。

ぼくたちは瑞々しい植物が生い茂る森に足を踏み入れた。梢で青い小鳥が優しくさえずっていた。先のほうでは木々が絡み合い、小道に影を落としていた。しかしそのさらに先には柔らかな光に包まれた道があり、明るい朝の雲に似た霊たちが行ったり来たりしているのが見えた。ぼくの道連れの天使は草の上を滑るように移動していた。その薔薇色の足の下にあったスミレはぴんと立ったままだったのだ。

もっともっとたくさんのことが訊きたかった。たとえば、天使というのは本当のところいったい誰なのか、主はどこにお住まいなのか、宇宙には地球人しかいないのか、もしそうだとしたらなぜなのか。でも、あえて訊かずにおいた。そのときのぼくは一瞬のうちにたくさんのことを考えており、生命のことを夢のように始まりも終わりもない何かととらえていた。ぼくもすぐにでも雲に似た姿になりたかった。だけど、ぼくはもうまもなく天の川や彗星や惑星やその他無数の世界を通過する旅に出て、小さな村の小さな家に帰らなければならず、帰宅の翌日にはスミスさんとちょっとしたことで口論したり、冬の雨の日の墓地のことや、棺の後ろを歩く人間までもが影のように見える霧の日の早朝の葬列のことを思って漠然とした不安に苛まれたりしなければならなかった。

もはや時間と空間の感覚はすっかり失われていた。そのとき突然、息子の顔が脳裏に浮かんだ……そうだ、早く家に帰らなきゃ。

導きの天使はぼくを地球に赴く霊たちの一団に託した。空気はぴんと張り詰め、圧倒的な静寂に包まれていた。ときどき強烈な光の筋に打たれ、目を開けていられなくなった。それから、たとえようもなく真っ暗なだだっ広い空間を通り抜けていった。

地上に到着したぼくらは凍てついた川と人影のない田園地帯の上空を飛行していた。一行のうちのひとりは廃墟となった古城に留まった。そのあとでぼくたちは小さな墓地に立ち寄った。二人の霊がそれぞれ、自分の墓石に風が運んできた乾いた葉っぱを手で払い落とした。

その直後、ぼくは自分のベッドのなかにいた。

解説

石田聖子

チェーザレ・ザヴァッティーニは、一九〇二年九月二〇日にイタリア中部に位置するエミリア・ロマーニャ州レッジョ・エミリア近郊の小さな町ルッツァーラで生まれた。ザヴァッティーニの名は、日本では『自転車泥棒』や『ひまわり』など数々のイタリア名画の脚本家として知られる一方、映画領域以外での功績はあまり知られていない。しかしじつにザヴァッティーニは、（本書収録の「年譜」に見られるとおり）文学、ジャーナリズム、絵画の各分野でもそれぞれ傑出した成果を挙げ、さらには、文化振興や社会活動にも身を捧げてきた経歴をもつ。半世紀以上に及ぶ長い活動期間をかけて、二〇世紀イタリアを文化の面で支えたひとりであったのだ。そうしたザヴァッティーニの多方面における旺盛な活動の中心にあったのは文学にほかならず、とくにその物語創作力であった。

本作は、魅力的な物語の書き手として頭角を現しつつあったザヴァッティーニがはじめて発表した小説である。一九二九年から三〇年にかけて、生まれ故郷ルッツァーラで書かれた。当時、ザヴァッティーニは、肝硬変に倒れた父アルトゥーロの事業である傾いた食堂の経営を引き継ぎ、看病に明け暮れながら、その傍らで執筆に取り組んだ。父は、本作中の物語のいくつかを読み聞かせてもらい、にっこり微笑んでから息を引き取ったという。本作が育まれたこの特殊な状況は、本作内に漂う雰囲気に多分に影響を及ぼしている。

分量としては中編小説といえようが、実際には、掌編小説集の一形態とするほうが正確だろう。ザヴァッティーニは、何よりもまず掌編の名手であった。その掌編はシンプルながら機知に富み、深い思索や味わい深い物語世界へと読者を誘《いざな》う。どうやらザヴァッティーニは、そうした掌編を思いつく天賦の才に恵まれていたらしい。とくに一九二九年、各種雑誌・新聞に掌編を発表しはじめた頃について、本人は「恥ずかしくなるほど、次から次へと物語のネタが思い浮かんだ」と語っている。その才能はのちも衰えなかったようで、たとえば、ガルシア＝マルケス『十二の遍歴の物語』所収の短編「聖女」に登場するザヴァッティーニは次のように描写されている。

彼は映画のストーリーを考える機械だった。それはほとんど彼の意志に反して次から次へといくらでも出てきた。しかもものすごいスピードで。そのため、声に出して考えていく一方で誰かそれを空中でとらえて書き止めていく人がいつでも必要だった。（G・ガルシア＝マルケス『予告された殺人の記録　十二の遍歴の物語』野谷文昭・旦敬介訳、新潮社、二〇〇八年、一七四ページ）

本書成立の経緯も興味深い。のちに長年にわたり親しく交流することとなるボンピアーニ社主ヴァレンティーノ・ボンピアーニは、ザヴァッティーニがはじめて編集部を訪ねてきたときの様子を次のように記憶している。

一九三〇年のある日のこと、ミラノのドゥリーニ通りにあるわたしのオフィスにきみはやってきた。ぼくは出版業をはじめてまもなくだったけれど、すでに一〇冊程の本を刊行していて、それなりに自信もつきつつある時期だった。丸顔のきみは、ポー河流域出身者らしい顔立ちをしていて、純朴そうだけど抜け目もなさそうにみえた。手には新聞や雑誌の切り抜きを丸めてもっていて、これはぼくのはじめての本です、と言ってきたね。そんなものが本だなんて、まったく馬鹿にしているのかと思ったよ。

このときザヴァッティーニが手にしていたのは、それまで雑誌や新聞で発表してきた掌編の数々だった。しかし当然、バラバラのままでは本になりえない。それら掌編をひとつの有機的な世界にまとめあげる構造が必要だった。そこで採用されたのが、『神曲』の構造である。イタリア文学の最高峰ダンテの『神曲』は、死後の世界に迷い込んだ主人公ダンテが、霊に導かれ、その地の住人たちの語りに耳を傾けながら、地獄から煉獄、天国までを旅する物語である。誰もが知っている構造であり、ザヴァッティーニが求めていた「シンプルで、もっともらしくて、伸縮自在で、読者を導き、どんな物語でも取り込んでくれる枠」そのものだった。結果、ダンテならぬチェーザレが、霊の手引きを得て、死後の世界を探訪する本作が誕生することとなった。

ミクロの物語を組み合わせることでひとつの物語世界を構成する――処女作にてザヴァッティーニが弄したこの創作術（編集術）は、その後の文学作品にはもちろん、その他の領域にも引き継がれることとなる。たとえば映画領域において、ザヴァッティーニは『昨日・今日・明日』など優れたオムニバス映画の仕掛け人として知られるが、それだけに留まらない。ザヴァッティーニの編集手腕の真骨頂はむしろ長編映画に見出せる。映画『自転車泥棒』（ザヴァッティーニが原案・脚本を提供）を思い浮かべてみてほしい。「盗まれた自転車を親子で捜す」というシンプルきわまりない物語を世紀の傑作映画としているのは、この映画が数多くの小さくも味わい深い物語から構成されているためにほかならない。自転車捜索に疲れた親子が立ち寄ったトラットリアでのエピソードや、貧しい人々が集う教会でのエピソード、聖女のエピソードはそれぞれさりげなくも深い余韻を観る者に残し、人間性や世界の豊かさを示してみせることで、この映画を見応えのある一本に仕立てあげている。

編集術にかんしてさらに言えば、ひとつの掌編が作品の境界を超えて再利用される例もある。本書第16章で語られる数学世界大会の「たす一」のエピソードは――稀代のストーリーテラー、ザヴァッティーニによる掌編第一作目とされる記念すべき一編だが――後年、映画『ミラノの奇蹟』にも装いを変えて再び登場している。加えて、映画領域でのザヴァッティーニは単に脚本を書く脚本家に留まらず、とくに盟友関係にあったヴィットリオ・デ・シーカ監督との共作において、フィルムの編集にも積極的に携わっていた事実も忘れてはならない。上述したとおり、並外れた創作力と膨大な掌編のストック、さらにそれを巧みに編集する能力が、文学、映画、新聞、雑誌、テレビ、ラジオ、漫画、絵画、写真といったあらゆる表現媒体を駆使し、それらの境界にとらわれない活動を展開したザヴァッティーニの根幹にあり、本作こそ、その最初の試みとしてきわめて重要な位置を占めているというわけだ。

しかしながら本書を読んで、妙な読後感を憶えた読者は少なくないのではないか。それは本作の発売当時も同様で、〈ザヴァッティーニ事件〉と騒がれるほどであった。本作がセンセーショナルな成功を収めた理由のひとつは、まさに〈捉えがたい何か〉として受け取られたためである。本作は、ギャグがあったかと思えば、ユーモアに満ちた物語あり、哀愁漂う物語あり、哲学的思索あり、社会批判あり、日常のスケッチあり、ナンセンスな断章ありで、とても小説とは呼べず、そもそも文学作品であるかどうかさえ疑わしく、困惑をもたらす（実際に、ザヴァッティーニの名がイタリア文学史に現れないことは珍しくない）。それにもかかわらず、本作は一般読者からも批評界からも等しく高い評価を受けた。なぜか。それは、本作に収められた物語がどれも、生についての謎、違和感、驚異、意味をめぐるものであり、老若男女の、さらには国境を越えて読者の胸を打つためではないだろうか。たとえば、この世ではあらゆる瞬間にいつも誰かが苦しんでいる事実に胸を痛めるエピソード（第4章）、物にも魂があるはずとの思いから歯ブラシ・ジョヴァンニの救済に乗り出すエピソード（第15章）など、イタリア文学らしい大胆な想像力と表現力を備えながらも、イタリアに限定されないあらゆる人びとの良心に触れる瞬間を備えている。

その独特な言語感覚も本作に独自性を与えている。その言語観について、ザヴァッティーニは後年のインタビューで本作に寄せて次のように語っている。

一生懸命話そう、耳を傾けようと思うと、言葉は退屈なものになりがちです。だから、新しい言葉を生み出したり、言葉を音そのものに解体したり、タブーとされている言葉をあえて口にしたい欲求が込みあげてくるんです。言葉を徹底的に追求してその本質を明らかにし、現実に即した意味を取り戻してやりたいという思いがずっとありました。

言語の問い直しをひとつのテーマとする本作では、登場人物の名も独特だ。この点については次のように述べている。

登場人物には、現実になさそうな単音節の短い名前か、エキゾチックな名前をつけるようにしました。タブ、ニン、ロック、マック、ビックス、クラール、モルガン、シャッペンといった具合です。短い言葉の必要性を感じていました。ジョヴァンニ・ラマッツィーニのような現実にありそうな名前を書いたそばから空間が占められてしまうような、それだけでその人物にアイデンティティや戸籍が与えられてしまうような気がして。それが嫌だったんです。

言葉の探求が醸す超現実的な雰囲気から、ザヴァッティーニは一連の歴史的前衛、とりわけ超現実主義《シュルレアリスム》との関連がたびたび指摘されてきた。しかしながら、ザヴァッティーニはそうした声に対し、「ぼくのシュルレアリスムは文化の産物ではなく、腹の底から立ちのぼってくる生々しい代物なのです」、また、「存在しない何かではなく、たしかにそこに在るけれども伝統的な見方に覆い隠されてきた何かを求めているのです」と言明している。あくまでも自身のリアルな身体感覚が基準となっているのだ。当然、こうした言語感覚に端を発する掌編も多い。たとえば本書には、友人の恋愛話を聞いている最中に「ババババ」や「べべベレべ」と口走ってしまうエピソード（第11章）や謎の言葉「イオスマ」と断続的に発してもらうことで創作意欲を掻き立てる小説家のエピソード（第16章）などが収められているが、上記の言語観と考えあわせるなら、これらは単なるナンセンスな言葉遊びという以上に、創作の根源を暴くような重要性をもつものにすら思われてくる。

ここまで本作の特徴を挙げてきたが、それらの根底に横たわるのが、ザヴァッティーニの〈わたし〉観である。本作がザヴァッティーニの自伝的要素を多く含みもっていることに気づいた読者は少なくないだろう。本作の主人公である死後の世界を旅するチェーザレは、名前はもとより、男児ひとりの父親である点や実の父への憧憬など、本作執筆当時のザヴァッティーニの状況を反映している。死後の世界のストーリーテラーとして登場するチェーザレ・カダブラ（第7、15〜17章）が自身の分身であることはザヴァッティーニ自身が認めているとおりだ。さらに本作の扉のすぐあとに掲げられた「著者の肖像」と題されたナルシシスティックな序文、そして「ぼくのことをたくさん話そう」というタイトル（ただし、これはボンピアーニの案だった）など、本作にはザヴァッティーニ自身を指し示す要素が随所にちりばめられている。しかしこれらは決してザヴァッティーニの自己顕示欲の強さのあらわれではない。じつにザヴァッティーニは本作だけでなくその生涯を通じ、あらゆる分野での活動を通じて、〈わたし〉にこだわり続けてきた。むしろ、「書くための唯一の方法は一人称で語ること、自分自身のなかで生起することを読点ひとつ漏らさず、徹底的に語り尽くすこと」と断じるザヴァッティーニにとって、〈わたし〉への執着は創造の原点といえる。

なぜ、〈わたし〉なのか。晩年のインタビューでそのこだわりについて問われ、こう回答している。

わたしにとっての平等の概念は常に全面的なものでした。ですから、自分自身について語ることに罪悪感を憶えたことはありません。わたしは、とある人間について語ってきたのですから。

ザヴァッティーニにとって、〈わたし〉は「とある人間」と同義であるという。自分自身について語ることは、いまここに在る自我について語ることではなく、その代表である他人について語ることを意味する。他人をより深く理解するために、人間一般のサンプルとしての〈わたし〉に目を向け、検証するというわけだ。このとき〈わたし〉はその肉体的限界を軽々と突破し、隣人はもちろん、はるか彼方に住む会ったことも会うべくもない人々までも包み込むほどに拡大してゆく。ザヴァッティーニが〈わたし〉を追求することで見えてくるのが、独りよがりな世界ではなく、誰彼なしに広く開かれた世界であり、ときにSFにも似た未知のワクワクする世界であるのはそのためである。

『ぼくのことをたくさん話そう』の捉えがたさを前にした多くの批評家が「ユーモア」という語に頼った事実も示唆的である。以降、「ユーモア作家」はザヴァッティーニに長くつきまとう肩書きとなるが、このユーモアもまたザヴァッティーニの〈わたし〉概念と密接に関係している。厳密な定義によれば「ユーモア」とはある種の精神態度を指す。しかし一般的には、おかしみ全般を指す語と考えられている。実際に、その一般的な定義が示すとおり、ユーモアは笑いと密接な関係にある。さまざまな種類があるなかでユーモアの笑いとは、他人を突き放す冷たい嘲笑の対極に位置する、ユーモリスト特有の鷹揚な精神態度から発せられる、他人を包み込み、癒す、温かな微笑である。微笑を絶やさないユーモリストがもつ優れた共感能力は、その高い視点の賜物だ。俯瞰して眺めるならば、あれとこれとを分け隔てる境界は消滅し、全体像が浮かび上がる。自我に支配された欲深さも、身を削るような貧困も、生だけでなく死までも含めた視点から見れば、人間ならではの営みとしてただただ愛おしく微笑ましい。ザヴァッティーニ自身、ユーモリストに不可欠な二つの特質として、矛盾から成る生の構造を洞察する能力に加え、そうした生の哀切のただなかに投げ出された人間に深く共感する能力を挙げている。そうしたユーモアをもって書かれた本作では、他人のことは自分のことと同様に切実に感じとられ、死は生と同等の重みを獲得し、憂鬱は微笑に転換される。本作では死や貧困など重いテーマを扱っているにもかかわらず、終始軽妙な雰囲気が漂っているのもユーモアのなせるわざといえる。ただし、ユーモアは矛盾を旨とする——第6章冒頭で指摘されるように矛盾だらけである——ため、一読しただけでは意図が伝わりにくいことがある点に注意が必要だ。そうした場合には、性急に判断を下すのではなく、物語世界に深く沈潜して味わってみてほしい。ユーモア的眼差しを追体験できるはずである。

ユーモアに満ちた物語を生涯にわたり膨大に創作しつづけたザヴァッティーニにとって、物語とは何だったのか。ザヴァッティーニにとって、その意義は明確だった。すなわち、物語とは、世界に接近するための方法にほかならなかった。自分はなぜここにいるのか、自分が産み落とされたこの世界とはいったい何なのか、誰もがそうした問いに身をすくめた経験を一度はもつだろう。現に、わたしたちが理解するには、この世界はあまりに大きすぎ、圧倒的である。明らかに人間の知覚の限界を超えている。だからこそ物語が必要だとザヴァッティーニは訴える。なぜなら、物語創作とは、そのままでは大きすぎて認識しがたい現実を、無理なく把握できるかたちに再編成する行為であるためだ（イタリア語の慣用句 rendersi conto「納得する」が、文字どおりには「自分自身のために物語を作る」を意味する事実は示唆的である）。ザヴァッティーニにとって、物語とは、単なる娯楽や退屈しのぎのツールではなく、この世界をよりよく理解するためのれっきとした知の技法であり、生の技法であったのだ。現実を理解するための手段としてフィクションを捉えるこの考えは、当然ながらその映画観にも通底している。

ザヴァッティーニは人間を慈しみ、その文化の発展に尽くした。その熱心な活動の根底には、豊かな人間性の育成には芸術が不可欠という信念があった。芸術が不要不急の娯楽として扱われがちな昨今、世界各国でザヴァッティーニの再評価が静かに進んでいるという。ザヴァッティーニの訴えの意義が改めて感取されている証であろう。そうしたなか、現在までに日本語で触れられるザヴァッティーニ文学作品の数は多くない。本書を通じてザヴァッティーニの世界観に魅せられた読者には、『悪魔にもらった眼鏡』（名古屋外国語大学出版会、二〇一九年）に収録されたザヴァッティーニ第三作目の掌編集「わたしは悪魔だ」（抄訳）もあわせて読んでもらえるとうれしい。文学的経験を積んだうえで執筆された同作を読めば、ザヴァッティーニ作品への理解がぐんと深まるはずである。また、これを機にぜひ、ザヴァッティーニが理論化に努め、擁護しつづけたネオレアリズモ映画も観ていただきたい。ザヴァッティーニと盟友デ・シーカ監督の共作『自転車泥棒』（一九四八年）、『靴みがき』（一九四六年）はもちろん、『ミラノの奇蹟』（一九五一年）、『ウンベルトD』（一九五二年）、また、（ザヴァッティーニはかかわっていないが）ロベルト・ロッセリーニ監督作品の『無防備都市』（一九四五年）や『戦火のかなた』（一九四六年）、ルキーノ・ヴィスコンティ監督の『揺れる大地』（一九四八年）もネオレアリズモ映画を代表する名作である。ザヴァッティーニは映画を「ランプのように、わたしたちの目の前にあるものをよりよく見せる」メディアとし、それゆえ、人間やこの世界を理解するための最良のメディアとして、その可能性を終生信じつづけた。このことを念頭にこれらの映画と向き合うなら、新しい光景がきっと見えてくるだろう。

チェーザレ・ザヴァッティーニ年譜

一九〇二年

九月二〇日、イタリア中北部のレッジョ・エミリア近郊の小さな町ルッツァーラに生まれる。五人兄弟の長男。当時、父アルトゥーロはルッツァーラ一お洒落なカフェを経営していた。

一九〇八年　六歳

北イタリアの町ベルガモの親戚の家に移り住み、小学校に通う。デュマ、コッローディ、サルガリ、ゴルドーニを愛読。

一九一七年　一五歳

カフェを貸し出し、ラツィオ州に移り住んだ両親に従い、ローマの高校に進学するも、勉強そっちのけで劇場通いの日々を送る。ラッファエーレ・ヴィヴィアーニ、エットレ・ペトロリーニ、レオポルド・フレーゴリの舞台に感銘を受ける。文学にも熱中。とくにドストエフスキーやジョヴァンニ・パピーニ『終りし人』を耽読。

一九二一年　一九歳

パルマ大学法学部に入学（卒業はせず）。のちに妻となる同郷のオルガ・

ベルニと出会う。

一九二二年　二〇歳
親戚の口利きで、マリーア・ルイジア寄宿学校（パルマ）に指導員の職を得る。学内でユーモア新聞を発行。同校の生徒で、のちにユーモア作家・ジャーナリストとなるジョヴァンニーノ・グアレスキも寄稿していた。

一九二四年　二二歳
感染症のため、弟マリオが死去。埋葬された墓地の光景は、後年の作品中で幾度となく回想されることになる。

一九二五年　二三歳
長男マリオ誕生。パルマの高校で講師として勤務。その際、受け持った生徒のひとりがのちの詩人アッティリオ・ベルトルッチ。ザヴァッティーニはその才能をただちに見抜き、文学の道に進むことを勧めた。ベルトルッチの手引きで、はじめてチャップリン映画『黄金狂時代』を鑑賞。

一九二六年　二四歳
生徒に対する講評の秀逸さに気づいた校長の紹介で、『ガッゼッタ・ディ・パルマ』紙へ寄稿開始。二八年には教職を離れ、ジャーナリズムに専念するようになる。

一九二九年　二七歳
兵役のため滞在したフィレンツェで、モンターレはじめ『ソラリア』誌同人と交流。文学カフェ「ジュッベ・ロッセ」に足繁く通う。掌編を書いては、カフェで読み上げ、好評を得た。同年、『ラ・フィエラ・レッテラーリア（リターリア・レッテラーリア）』誌上で、モラヴィア『無関心な人びと』のイタリア初の書評を手がける。『イル・カッフェ』『イル・テーヴェレ』『イル・バルジェッロ』『ガッゼッタ・デル・ポポロ』ほか、さまざまな新聞や雑誌への寄稿を開始。

一九三〇年　二八歳
父の病のため、兵役を中断して帰郷。病床で苦しむ父の傍らで、『ぼくのことをたくさん話そう』を執筆。六月、肝硬変のため父死去。ザヴァッティーニには多額の借金と家族の面倒が残された。のちに著名な写真家となる次男アルトゥーロ誕生。ミラノの出版社リッツォーリ社で校正者の職を得る。

一九三一年　二九歳
ボンピアーニ社からはじめての小説『ぼくのことをたくさん話そう』刊行。読者間でも批評界でも瞬く間に評判を呼び、「ザヴァッティーニ事件」と騒がれた。話題の作家が自社の校正者と知らされたリッツォーリ社は、ただちに祝宴を開催。以降、同社で雑誌の編集を担当するように。ボンピアーニ社『文芸年鑑』への編集協力を開始。

一九三二年　三〇歳
パートナーのオルガと正式に結婚。

一九三三年　三一歳
国家ファシスト党に入党。ただし、便

宜上のもので、思想には共鳴していなかった。

一九三四年　三三歳
第三子マルコ誕生。映画界で仕事を開始する。複数の原案・脚本を執筆。初の映画化作品『百万あげよう』（マリオ・カメリーニ監督、三五年）のセットで、主演を務めていたヴィットリオ・デ・シーカと知り合う。リッツォーリ社に、ユーモア新聞の作家たちのための「ユーモア作家組合」の設立を提案。

一九三五年　三三歳
ロレンス・スターンの『トリストラム・シャンディ』、カフカの『変身』、マーク・トウェインを読む。

一九三六〜三八年　三四〜三六歳
二作目の小説『貧乏人は狂っている』発表。再び大評判を呼ぶ。イモラで開催された映画をめぐる一連のシンポジウムで、チャップリンを紹介。トラブルのためリッツォーリ社を離れるも、二四時間経たずにモンダドーリ社に編集長として採用される。同社で手がけた新装版『レ・グランディ・フィルメ』誌が大好評を博す。のちにザヴァッティーニ喪失を後悔したリッツォーリ社から破格の額で再雇用を持ちかけられるが、断る。義理堅さに感激したモンダドーリ社が大幅に昇給。これにより、貧困に苦しんだ半生は終わりを告げた。神経衰弱のため、ベルガモ近郊オルトレ・イル・コッレで静養中に絵を描きはじめる。最初に描いたのは墓地だった。好きな画家は、ゴッホとゴーギャン。三〇年代イタリアでザヴァッティーニと人気を二分したユーモア作家アキッレ・カンパニーレと共同で、ユーモア新聞『セッテベッロ』の編集を担当。人気ユーモア雑誌『マルカウレリオ』に寄稿。漫画の原案執筆にも打ち込む（ディズニー漫画も担当）。

一九三九年　三七歳
ザヴァッティーニが執筆した映画脚本『みんなに揺り木馬をあげよう』をデ・シーカが購入。以降、デ・シーカが死去する七四年まで、密接な協力関係を続けることになる。

一九四〇年　三八歳
モンダドーリ社での編集職を辞し、映画製作の中心地ローマに移住。デ・シーカに「虎穴にわざわざ入るつもりか」と脅されるも、映画の世界で生きていく意志は固かった。『雲の中の散歩』（アレッサンドロ・ブラゼッティ監督、四二年）の脚本に着手。『チネマ』誌上で「映画と人生の日誌」の執筆開始。ここで採用された日記形式は、以降、ザヴァッティーニにとって重要な形式になる。長女ミッリ誕生。

一九四一年　三九歳
三作目の小説『わたしは悪魔だ』発表。本作をもってザヴァッティーニの初期三部作が完成した。デ・シーカ監督作品（『金曜日のテレーザ』、四一年）の脚本をはじめて手がける（しかし名前はクレジットされず）。〈最小の絵〉コレクションのアイデアを思いつく。八センチ×一〇センチの小さなカンヴァスに画家に自画像を描いてもらうというもの。さっそくカルロ・カッラに依頼。他に類を見ないこのコレクション総数はのちに二〇〇〇を超え、各地で展覧会も開催された。

一九四三年　四一歳

カヴァッリーノ（ヴェネツィア）で開催された作家たちによる絵画コンクールで優秀賞を受賞。同コンクールには、モンターレ、ウンガレッティ、モラヴィアらが参加した。四作目の小説『善人トト』発表。『子どもたちは見ている』（デ・シーカ監督、四三年）ほか、複数の映画の脚本を執筆。映画『天国の扉』（デ・シーカ監督、四五年）への脚本協力開始。この頃、ナチス・ドイツによるローマ占領を受けて、家族とローマ近郊の町ボヴィッレ・エルニカに疎開。

一九四四〜四五年　四二〜四三歳

「来たるべき世代への日誌」「子どもたちの日誌一九四四」「一九四四年のある日」など、日記形式に基づくプロジェクトを複数企画。自己批判の意識が高まる。イタリア映画文化協会（ＡＣＣＩ）で役員を務める。ローマ映画クラブ（ＣＲＣ）設立。

一九四六年　四四歳

新聞についての新しいプロジェクトを複数提案。そのひとつである、問いのみから成る新聞『わたしのイタリア』が創刊（五〇年に『エポカ』誌上のコラムとして実現するや、同誌の販売部数を飛躍的に伸ばしたことで知られる）。はじめての個展開催。三月には、すでに三七八作品に達した〈最小の絵〉コレクションの初の個展をミラノ、ローマ、ヴェネツィアで催した。原案・脚本を担当した映画『靴みがき』（デ・シーカ監督）公開。ゲーテを読み、心酔。

一九四七〜四八年　四五〜四六歳

同時代の画家の作品を景品とする「芸術宝くじ」や、世界の名著を景品とする「文学宝くじ」を企画。「追跡」というアイデアについて考えはじめる。これは人間の生の実態に肉薄することを狙うもので、ザヴァッティーニの映画観にとって重要なアイデア。イタリア映画連盟（ＦＩＣＣ）の創設に携わる（五三年以降、会長）。映画『靴みがき』がアカデミー賞ほか数々の賞を受賞。四八年に公開された映画『自転車泥棒』（デ・シーカ監督）も世界の映画賞を総なめにした。

一九四九〜五一年　四七〜四九歳

作家による同時代のイタリア人の生活の証言集「イタリアの日誌」を企画。

四九年九月、ペルージャにて、映画をめぐる国際シンポジウムを開催。自身の小説『善人トト』の映画化作品で、原案・脚本も手がけた『ミラノの奇蹟』が公開される。カンヌ国際映画祭パルム・ドール賞はじめ当時としては映画史上最多の賞を獲得した。ゴッホの足跡をたどるべく、オランダ、フランスを訪問。「月刊ドキュメンタリー」のプロデュースに携わる。映画と現実が溶け合う「閃光映画」のアイデアに取り組む。脚本を提供した映画『ベリッシマ』(ルキーノ・ヴィスコンティ監督、五一年)公開。

一九五二年　五〇歳

イタリア映画の自由と自律性擁護のためのマニフェストに署名。映画の企画のために渡米を計画するも、共産主義を支持したその政治信条ゆえにビザが下りず断念。人間の平等性を表現するのに有効なモチーフとして「旅」を扱う映画の企画を開始。「わたしのイタリア」プロジェクト始動。これはネオレアリズモの精神を受け継ぐもので、脚本も俳優も使わず、イタリアの飾らない姿をみせることを狙うもの。原案・脚本を提供した映画『ウンベルトD』(デ・シーカ監督)公開。グイド・アリスタルコが編集長を務める『チネマ・ヌオーヴォ』誌上でコラム「日誌」の連載を開始(六二年まで)。

一九五三年　五一歳

原案・脚本を提供した「実話、カテリーナ物語」の撮影開始（オムニバス映画『街の恋』〔アントニオーニ監督、フェリーニ監督ほか、五三年〕に収録される）。同作は、実際に起こった事件にかかわった人物を用いて、事件を再現したもの。四人のスター女優の日常を描いたオムニバス映画『われら女性』（ロッセリーニ、ヴィスコンティ監督ほか、五三年）の全エピソードの原案・脚本を執筆。一二月三～五日に、パルマで開催されたネオレアリズモに関する会議で、「わたしにとってのネオレアリズモ」と題された報告を行う。この報告はのちにフランスの映画雑誌『カイエ・デュ・シネマ』誌（五四年三月、三三号）で翻訳紹介された。メキシコ、キューバに赴き、現地の映画人たちと交流。原案・脚本を提供した映画『終着駅』（デ・シーカ監督）公開。

一九五四年　五二歳

四三年以降書き継がれた自己批判の書『偽善者一九五〇』発表。リヴォルノで開催された文化をめぐる会議に出席し、今後テレビの影響力が強大化すると主張。あわせて、テレビの有意義な利用法（現実を知るための調査など）を提案した。さまざまな機会を利用して、ネオレアリズモの擁護を行う。ネオレアリズモが見出された映画観の普遍性を訴えた。ドキュメンタリー映画作家ヨリス・イヴェンスとともに、国際レーニン平和賞受賞。賞金はルッツァーラのブリス・ルディニャーニ貧民院に寄付された。再びメキシコを訪問。原案・脚本を提供した映画『ナポリの黄金』(デ・シーカ監督)公開。

一九五五年　五三歳
アメリカ人写真家ポール・ストランドとの共作『ある町』発表。同一の事象を複数のメディアを用いて物語る試みであり、本作は故郷ルッツァーラを対象とした。学校教育に必要な道具として、鉛筆に加え、カメラを提案。カメラの利用は、現実のより直接的な認識に有用とされた。

一九五六〜五七年　五四〜五五歳
ハンガリーを初訪問。芸術における社会主義の意義をめぐり考える。再びメキシコ、キューバを訪問。ネオレアリズモの思想や映画作法を伝授することで、両国の映画界の発展に貢献。原案・脚本を提供した映画『屋根』(デ・シーカ監督、五六年)が公開され、カンヌ国際映画祭で国際カトリック映画事務局賞(ＯＣＩＣ)受賞。

一九五八〜五九年　五六〜五七歳
サンレモで開催された会議で「ある原案作家の裏話」と題された報告を行う。それまで未発表だったアイデアやギャグを多数披露した。イタリア平和委員会の委員を務める。作家の社会的責務をめぐる会議に出席。モンダドーリ社に「読むイタリア」企画を提案。イタリア国民の読書離れを危惧し、読書の振興を図るもの。イタリア放送協会RAIに二つの企画（「笑うイタリア」と「電報」）を提案するも、実現には至らず。ローマでの二四時間を記録した映画を企画、原案執筆（六三年にオムニバス映画『かくしカメラの眼』として結実）。五九年、七月、フェニーチェ劇場（ヴェネツィア）で、舞台『映画原案はいかにして生まれるか』初演。その後、ヨーロッパ各地を巡回し、好評を博した。ヨーロッパ各地を訪れ、映画をめぐる会議に出席。キューバを訪問。

一九六〇～六六年　五八～六四歳

モラヴィアの小説の映画脚本化に取り組む（『ふたりの女』デ・シーカ監督、六〇年）。映画『最後の審判』（デ・シーカ監督、六一年）の原案・脚本執筆。オムニバス映画『イタリア女性と恋愛』（六一年）の監修を務める。オムニバス映画『ボッカチオ'70』（フェリーニ、ヴィスコンティ監督ほか、六二年）を発案、第四話「くじ引き」の脚本を手がける。六二年六月、『リナッシタ』誌上で、世界の平和をテーマとしたビデオ作品（八～一六㎜）「平和のシネマジャーナル」を募集。『ブーム』（デ・シーカ監督、六三年）の原案・脚本、オムニバス映画『昨日・今日・明日』（デ・シーカ監督、六三年）の三話中二話の脚本を手がける。積年のアイデア「わたしのイタリア」プロジェクトのひとつの成果としてテレビ番組『本を読むのは誰？ティレニア海をめぐる旅』（マリオ・ソルダーティ監督）制作。六三年六月にローマで開催された会議で、テレビがイタリア人の生活に与えた影響について報告を行う。あらゆる話題を包含する最重要主題として、「平和」をテーマとする「平和新聞」の企画を提案。ヨーロッパ、南米、ソ連、アフリカを訪れ、数々の会議で映画や文化に関する報告を行う。同年、テレビ番組『インコントリ一九六三』内で、ザヴァッティーニと『ぼくのことをたくさん話そう』の特集が放送される。六四年、イタリア映画作家協会（ANAC）の評議員に就任（のちに会長）。六五年、ローマで個展開催。六六年、ヴェトナム戦争反対の署名。六六年、『パエーゼ・セーラ』紙上で「非演劇」のアイデアを提案。

一九六七年　六五歳

コラム記事などをまとめた著作『ストラパローレ』をボンピアーニ社から発表し、好評を得る。画家アントニオ・リガブーエに捧げる詩集『トニ・リガブーエ』刊行。ザヴァッティーニが寄贈した書を蔵する「チェーザレ・ザヴァッティーニ図書館」がルッツァーラに開館。

一九六八年　六六歳
ルッツァーラで、ナイーヴ・アートに関する賞、展覧会、美術館を創設。労働者階級に適切な情報提供を行うことを目的とする「自由なシネマジャーナル報告」の第一号刊行。「自由なシネマジャーナル」とは、「ゲリラ・協同・即時・予算ゼロの映画」と定義された映画のことである。八月、ヴェネツィア国際映画祭にて抗議活動。ANAC会長として活動を先導。

一九六九〜七〇年　六七〜六八歳
ソ連にて一連の講演を行う。映画『ひまわり』（デ・シーカ監督、七〇年）の原案・脚本執筆。七〇年、挑発的な文言を収録したメディアの常識に挑戦する作品『本ではない本+ディスク』を発表し、各所で抗議や議論を巻き起こした。

一九七一〜七二年　六九〜七〇歳
親しみを感じる作家として、プーリア州の少年院から賞が贈られる。この賞は、生涯受賞した賞のうち最大の栄誉としてザヴァッティーニ自身の中で記憶されることになる。「イタリア人の本」プロジェクトに着手。時代に即した解説や翻訳を付したうえで古典を同時代の読者に再提案するもの。

一九七三〜七四年　七一〜七二歳
七三年に五〇篇の方言詩を収録した詩集『ひとことに潜めて』発表。パゾリーニに「絶対的に美しい本」と称された。七四年には、文学者との出会いについて書いた記事をまとめた書『文学に寄せて』を発表。「笑うイタリア」プロジェクトに着手（七八年に全国規模でのコンテストとして実現）。パルマの名誉市民となる。

一九七五〜七六年　七三〜七四歳

二月一四〜一六日、アジアーゴにて、ザヴァッティーニの領域横断的な活動をめぐるシンポジウム「ザヴァッティーニについて議論しよう」が開催される。七六年、自己批判の書『ムッソリーニに平手を食らわせた夜』、コラム記事などをまとめた書『ボツ作品』、写真家ジャンニ・ベレンゴ・ガルディンによるルッツァーラの写真を収録した『二〇年後のある町』刊行。サンタルベルトにて、ザヴァッティーニ作品展開催。「イタリアの全家庭に一メートルの本棚を」をスローガンとした「イタリア人の本棚」プロジェクトを提唱。

一九七七年　七五歳

ライターズ・ギルド・オブ・アメリカより賞が贈られる。チャップリンに続き、史上二人目の受賞。ザヴァッティーニについての初のモノグラフ『ザヴァッティーニ読解入門』刊行。「街角議論センター」の創設を提唱。これは、六六年に提案した「非演劇」の発展形態で、俳優でない人々が街中や各種媒体上で一緒に思考する場として提唱された。『超超超真実』の主演にロベルト・ベニーニを起用する案を検討。

一九七八〜七九年　七六〜七七歳

映画評論集三冊『ネオレアリズモ他』『脚本はもうたくさん』『映画日誌』をまとめた版が刊行される。ザヴァッティーニ作の詩集に着想を得た映画『リガブーエ』（サルヴァトーレ・ノチータ監督、七八年、脚本も提供）がモントリオール世界映画祭で最優秀作品賞受賞。イタリア映画界への貢献に対し、国際エンニオ・フライアーノ賞が授与された。

一九八〇年　七八歳

労働者運動視聴覚資料アーカイブの創設を推進、所長を務める。

一九八二〜八七年　八〇〜八五歳

初の監督作品『超超超真実』（八二年）がヴェネツィア国際映画祭に出品される（イタリア放送協会ＲＡＩで放送された）。この作品でザヴァッティーニは、原作、脚本、主演俳優、監督をすべてひとりでこなした。同映画祭において栄誉金獅子賞受賞。ダヴィッド・ディ・ドナテッロ賞でルキーノ・ヴィスコンティ賞受賞。ソ連から「民族友好勲章」授与（イタリア・ソ連協会の会長も務めていた）。レッジョ・エミリアの名誉市民となる。ミラノ市から金メダル授与。トリノ大学ほか複数の大学で講演。

一九八八年　八六歳

レッジョ・エミリアでザヴァッティーニの活動（絵画、文学、映画、演劇）を総括するイベントが開催される。絵画三〇〇点が展示されたほか、演劇の上演、映画の上映、ザヴァッティーニの文学・映画活動をめぐるラウンドテーブルが複数企画された。ヴェネツィア国際映画祭にて、「戦後、現実と人間を見つめる映画の再興を果たした」として、ロベルト・ロッセリーニ賞受賞。

一九八九年

十月一三日、ローマの自宅で死去。享年八七。翌日、故郷ルッツァーラの墓地に埋葬された。イタリア共和国文化勲章受章。

訳者あとがき

本書は、一九三一年にボンピアーニ社から刊行されたチェーザレ・ザヴァッティーニ（Cesare Zavattini）の小説『ぼくのことをたくさん話そう』（*Parliamo tanto di me*）の全訳である。翻訳テクストには原書初版を用いた。本邦初訳である。

ザヴァッティーニの文学作品は発表と同時に国内で大きな評判を呼んだ。そして戦後、ネオレアリズモ映画の波及とともに、文学以外の著作ともあわせてヨーロッパ諸国、ソ連、南米、アフリカで順次翻訳紹介されてきた。日本でも、一九四九年以降ネオレアリズモ映画が次々と輸入公開されて大きな衝撃を与えた際、それら作品の多くに脚本を提供したザヴァッティーニに注目が集まらないわけではなかった。しかしながら、それはあくまでも映画脚本家という一面への一時的な注目に留まり、文学の書き手としての側面にはこれまで光が当たらない状況が続いてきた。

ザヴァッティーニ文学の日本への紹介が遅れた理由は複数挙げられるが、最大の理由はやはりその文学史上への位置づけの難しさだろう。ザヴァッティーニは、形態こそ文学と思しき作品を発表しているものの、その内容が文学の伝統に則らないことは「解説」でも触れたとおりだ。こうした在りようは、イタリア文学の紹介が必ずしも網羅的にはなされてこなかった我が国では、より一層不利に働いたと考えられる。

しかしながら近年、ザヴァッティーニに世界的にも注目が集まっている理由は、そうした曖昧な在り方が、むしろ現代的ととらえられているためである。文学者の枠からは外れる存在だったザヴァッティーニだが、小さな物語を手にあらゆるメディアを渡り歩くその姿は、メディアを横断して活躍するメディアアーティストそのものである。実際に、ザヴァッティーニの編集術は、メディアの境界を超えた創作術として現在でも有効だろう。

それだけではない。ザヴァッティーニの〈わたし〉観も、メディアが高度に発達し、その仕組みゆえに自分以外が見えにくくなった昨今、ひとつのモデルとなりうるように思われる。自分自身に最大限に注目し、自分を大事にすることが、他人や環境を大切にすることにつながる可能性を示唆してくれるためだ。ザヴァッティーニが訴えつづけた徹底した平等意識は、グローバル化が進んだ現在、異なった背景をもつ人々が平和的に共存してゆく方法へのヒントになりうるのではないか。いま日本にはじめてザヴァッティーニの創作の基礎を作った本作を紹介する縁がもたらされた意味は、こうしたザヴァッティーニの現代性にあると思われる。

筆者は、大学在学時、講読の授業ではじめてザヴァッティーニの掌編を読み、密かな衝撃を受けた。遠いイタリアの地で書かれた作品に、「東洋的」ともいえる感性をみとめたためだ(当時はそのように感じたが、やがて、「東洋的」というより「汎人間的」と考えるようになった)。もっとも印象的だったのは、その生命に向けられた眼差しである。他人はもとより、動物や植物、無生物までにも分け隔てなく慈愛に満ちた視線が注がれる。生きとし生けるものに対して善いことをしたいと願いつつ、しかし俗世で生き延びるにはそうも言っていられない。不器用な試行錯誤を繰り返しては、苦しんだり落ち込んだりする。そのような人間の飾らない姿にまっすぐ向き合った表現に胸を打たれた。

しかしそれだけに、現在の風潮にそぐわない表現や、差別的な表現が少なくないのも事実である。本作が書かれた当時のイタリアには、深刻な貧困が蔓延っていたという現在とは異なる社会状況や、ファシズム体制下という特殊な政治状況が背景にあったことを付記しておきたい。そうしたなかで良心に従って生きることには、現在よりも困難を伴ったことだろう。訳語に不快感を覚える向きもあるかもしれないが、どうかご寛恕願いたい。

今回の翻訳に際しては、アルトゥーロ・ザヴァッティーニ（Arturo Zavattini）氏――本作執筆のきっかけとなった父アルトゥーロの名を受け継ぐ、ザヴァッティーニの二男――の温かな応援を受けた。視覚を通じた社会変革を目指した父チェーザレの想いを継いだアルトゥーロ氏は戦後イタリアで活躍した優れた写真家であり、エネルギッシュな活動ゆえに誤解されることも少なくなかったザヴァッティーニがふと見せる柔らかな表情を捉えた写真の多くは氏の手による。本書が日本の読者に届けられることを誰よりも楽しみにしてくださったアルトゥーロ氏にようやく刊行の報告ができることに胸を撫でおろしつつ、こころからの御礼を申し上げる。また、ザヴァッティーニ資料館のジョルジョ・ボッコラーリ（Giorgio Boccolari）氏にも感謝の意を捧げたい。氏は、折に触れ、ザヴァッティーニ研究の最新の動向とあわせて温かい励ましのメッセージを届けることで支援してくださった。そしてなにより、諸般の事情により時間を要した本作の翻訳作業を辛抱強く見守り、支えてくださった辻宜克氏と小都一郎氏、ならびに、光文社翻訳編集部の皆さまに、ここに記して格別の謝意を表する。

二〇二四年七月

kobunsha classics
光文社古典新訳文庫

ぼくのことをたくさん話《はな》そう

著者　チェーザレ・ザヴァッティーニ
訳者　石田《いしだ》 聖子《さとこ》

2024年12月20日　初版第1刷発行

発行者　三宅貴久
印刷　萩原印刷
製本　ナショナル製本

発行所　株式会社光文社
〒112-8011東京都文京区音羽1-16-6
電話　03（5395）8162（編集部）
03（5395）8116（書籍販売部）
03（5395）8125（制作部）
www.kobunsha.com

ISBN978-4-334-10532-7 Printed in Japan

いま、息をしている言葉で、もういちど古典を

長い年月をかけて世界中で読み継がれてきたのが古典です。奥の深い味わいある作品ばかりがそろっており、この「古典の森」に分け入ることは人生のもっとも大きな喜びであることに異論のある人はいないはずです。しかしながら、こんなに豊饒で魅力に満ちた古典を、なぜわたしたちはこれほどまで疎んじてきたのでしょうか。

ひとつには古臭い教養主義からの逃走だったのかもしれません。真面目に文学や思想を論じることは、ある種の権威化であるという思いから、その呪縛から逃れるために、教養そのものを否定しすぎてしまったのではないでしょうか。

いま、時代は大きな転換期を迎えています。まれに見るスピードで歴史が動いていくのを多くの人々が実感していると思います。

こんな時わたしたちを支え、導いてくれるものが古典なのです。「いま、息をしている言葉で」――光文社の古典新訳文庫は、さまよえる現代人の心の奥底まで届くような言葉で、古典を現代に蘇らせることを意図して創刊されました。気取らず、自由に、心の赴くままに、気軽に手に取って楽しめる古典作品を、新訳という光のもとに読者に届けていくこと。それがこの文庫の使命だとわたしたちは考えています。

このシリーズについてのご意見、ご感想、ご要望をハガキ、手紙、メール等で翻訳編集部までお寄せください。今後の企画の参考にさせていただきます。
メール　info@kotensinyaku.jp

★続刊

ハワーズ・エンド　フォースター／浦野 郁・訳

二十世紀初頭の英国。富裕な新興中産階級のウィルコックス家と、ドイツ系で教養に富む知識階級のシュレーゲル姉妹、そして貧しいバスト家の交流を通じ、格差を乗り越えようとする人々の困難や希望を描いたモダニズム文学の傑作。

人間の権利　トマス・ペイン／角田安正・訳

『コモン・センス』でアメリカ独立を促したペインが、E・バークによるフランス革命批判に対して論駁《ろんばく》したのが本書である。共和政擁護、王政批判だけでなく、近代的な社会福祉政策を提言するなど、国家による生存権への配慮を訴えた。

弁論術　アリストテレス／相澤康隆・訳

説得力のある言論の考察を通じ、説得の技術としての弁論術を論じた書。善や美、不正等の概念から説き、すぐれた洞察力で人間の感情と性格を分類して、比喩等の表現の技巧についても考察を深める。後世に多大な影響を与えた最強の説得術。